Martin Trageser · Die Einsamkeitsvögel

AF288072

D er alte Mann überlegte einen Augenblick. »Ich werde dir die Geschichte von den Einsamkeitsvögeln erzählen«, begann er. »Wenn sich ein Mensch einsam fühlt, dann erscheinen ihm die Einsamkeitsvögel. In sein Herz legen sie ihre Eier aus Stein. Das Opfer der Einsamkeitsvögel fühlt sich immer schlechter. Und je einsamer es ist, desto besser geht es diesen hinterhältigen Vögeln. Immer mehr Eier legen sie in das Herz des Einsamen, bis er stirbt. Man sagt dann, er sei an gebrochenem Herzen gestorben.«

Martin Tragesers Kurzgeschichten sind 22 poetische Momentaufnahmen aus dem Alltag, 22 Porträts von Menschen und Tieren, deren Leben sich durch eine geheimnisvolle Begegnung, eine außergewöhnliche Begebenheit grundlegend ändern. Für eine kurze Zeit darf der Leser diesen Schicksalen folgen, die er nicht kennt, und die ihm dennoch seltsam vertraut vorkommen …

M artin Trageser, geboren 1975 in Alzenau, schreibt seit frühester Jugend Kurzgeschichten. Mit 15 Jahren gewann er den ersten Preis beim Schriftstellerwettbewerb des Kreisjugendrings Aschaffenburg. Nach einem Studium an der Julius-Maximilians-Universität Würzburg (Lehramt für Gymnasium) begann er 2002 sein Referendariat in Würzburg.

Von Martin Trageser sind bisher zwei Bücher erschienen: »Die gestohlenen Weihnachtsgeschenke und der neue König« (Jasmin-Eichner-Verlag) und »Lars im Reich der Zauberer« (TRIGA-Verlag).

Martin Trageser

Die Einsamkeitsvögel

Erzählungen

März 2004
© 2004 Martin Trageser
Satz und Layout: Buch&media GmbH, München
Umschlaggestaltung: Kay Fretwurst, Spreeau
Herstellung und Verlag: Books on Demand GmbH, Norderstedt
Printed in Germany
ISBN 3-8334-0528-7

Inhalt

Die Einsamkeitsvögel

Opa, erzähl mir eine Geschichte. Bitte!«, bat Christina ihren Großvater. Jeden Abend vor dem Zu-Bett-Gehen wiederholte sich dieses Spiel. Eigentlich hatte der Großvater so gar keine Lust, jetzt eine Geschichte zu erzählen. Viel lieber hätte er sich eine Komödie mit Jack Lemmon im Fernsehen angesehen. Als er dann jedoch die großen, bittenden Kulleraugen seiner Enkeltochter sah, konnte er nicht nein sagen. Christina gelang es jedes Mal aufs Neue, ihren Großvater spielend um den kleinen Finger zu wickeln.

Der Großvater deckte Christina zu und setzte sich neben sie auf die Bettkante.

»Was soll ich dir denn heute erzählen?«, fragte er.

»Eine Weihnachtsgeschichte!«, rief Christina begeistert, denn in einer Woche war Heiligabend.

Der alte Mann überlegte einen Augenblick. »Ich werde dir die Geschichte von den Einsamkeitsvögeln erzählen«, begann er.

»Den Einsamkeitsvögeln?«, fragte Christina erstaunt, denn von diesen merkwürdigen Vögeln hatte sie noch nie etwas gehört.

»Ja. Die Einsamkeitsvögel sind die wohl am meisten verbreitete Vogelart der Welt«, erklärte der Großvater. »Es gibt Millionen von ihnen in allen Ländern der Erde. Sie leben in Afrika und in Grönland, in Island genauso wie in Indien. Auch hier bei uns gibt es sie in großen Mengen.«

»Warum habe ich dann noch nie etwas von diesen Vögeln gehört? Wie sehen sie überhaupt aus?«, wollte Christina wissen. Sie war neugierig geworden und wollte alles über diese seltsamen Vögel erfahren.

»Du stellst schwierige Fragen«, stellte der Großvater fest. »Das Aussehen der Vögel kann ich dir beschreiben. Sie sind sehr klein, kleiner noch als Spatzen. Allerdings sind Spatzen viel schöner als die Einsamkeitsvögel. Denn die Vögel sind pechschwarz, schwärzer noch als die schwärzesten Raben. Sie sind die hässlichsten und ungeliebtesten Vögel, die es gibt. Du wolltest wissen, warum du sie noch nie gesehen hast. Nun, du warst wahrscheinlich noch nie in deinem Leben so richtig einsam. Das ist der Grund. Trotzdem sind die Vögel immer da. Auch jetzt sind sie unsichtbar bei uns im Zimmer. Aber sie lassen sich nur blicken, wenn ein Mensch sich allein gelassen und einsam fühlt. Dann erwachen sie zum Leben und treiben ihr böses Spiel.«

Christina hatte die Tatsache, dass die Einsamkeitsvögel immer da sind, sehr beeindruckt. Während ihr Großvater weiter erzählte, sah sie sich aufmerksam im Zimmer um. Vielleicht waren die Vögel doch sichtbar und irgendwo zu entdecken. Es war allerdings keiner zu sehen. Scheinbar hatte ihr Großvater Recht und die Vögel hatten tatsächlich die Gabe, sich unsichtbar zu machen.

»Wenn sich ein Mensch einsam fühlt, dann erscheinen ihm die Einsamkeitsvögel. In sein Herz legen sie ihre Eier aus Stein. Das Opfer der Einsamkeitsvögel fühlt sich immer schlechter. Und je einsamer es ist, desto besser geht es diesen hinterhältigen Vögeln. Immer mehr Eier legen sie in das Herz des Einsamen, bis er stirbt. Man sagt dann, er sei an gebrochenem Herzen gestorben. In Wirklichkeit waren die Einsamkeitsvögel und ihre Eier aus Stein schuld daran.«

Christina war jetzt endgültig von der Geschichte ihres Großvaters gefesselt. Sie begann diese gemeinen Vögel zu hassen und fragte: »Gibt es denn gar nichts, was man gegen die Einsamkeitsvögel unternehmen kann?«

»Doch, es gibt ein Mittel und davon möchte ich dir eine Geschichte erzählen«, antwortete der Großvater. Er nahm die Hand seiner Enkelin und fing an zu erzählen:

»An Weihnachten haben es die Einsamkeitsvögel immer ganz besonders gut. An keinem anderen Tag gibt es mehr einsame Menschen. Nein, das stimmt nicht. Im Grunde genommen sind es nicht mehr als an anderen Tagen. Doch an Weihnachten wird so manch einem erst richtig bewusst, dass er keinen Menschen auf der Welt hat, nur sich selber. Während andere im Kreise ihrer

Familie oder Freunde das schönste Fest des Jahres genießen, sitzen solche Menschen allein in ihrem Wohnzimmer. Am liebsten würden sie sich ins Bett legen und den Heiligen Abend verschlafen. Aber in diesem Moment sind die Einsamkeitsvögel zur Stelle, um sie wach zu halten und daran zu erinnern, wie bedauernswert sie doch sind.

Auch Tobias Reichert gehörte zu den Menschen, an denen die Einsamkeitsvögel ihre Freude hatten. Er lebte allein, schon seit vielen Jahren. Bisher war er damit glücklich gewesen – oder hatte sich das zumindest eingeredet. Von der Gesellschaft anderer Menschen hatte er sich immer gerne fern gehalten. Er wollte mit ihnen, ihren kleinen Problemen, nichts zu tun haben. Sie interessierten ihn nicht. Seine Welt waren die Bücher. In ihnen hatte er seine Freunde. Jede freie Minute nutzte er, um sie mit seinen leblosen Gefährten aus Papier zu verbringen. Darüber war er in den vielen Jahren alt geworden. Alt und – wie er sich jetzt eingestehen musste – einsam. Gerade jetzt, an Weihnachten, hätte er gerne mit einem anderen Menschen gesprochen. Doch da war niemand. Nur eine lange Regalwand voller Bücher, mit denen er zwar sprechen konnte, jedoch keine Antwort bekommen würde. Die Bücher waren leblos, tot. Lange schon hatten die Einsamkeitsvögel Tobias Reichert beobachtet. Solange er jedoch freiwillig und gerne allein lebte, hatten sie keine Chance, an ihn heranzukommen. Doch jetzt, da sein Wunsch nach Gesellschaft immer stärker wurde, waren sie zur Stelle, um ihn zu quälen.

Tobias Reichert dachte an seine Kindheit zurück. Er erinnerte sich, als ob es gestern gewesen wäre. Vor seinem inneren Auge sah er den mit goldenen Kugeln geschmückten Weihnachtsbaum, seinen Vater, der die Weihnachtsgeschichte vorlas, und seine Mutter mit ihren köstlichen selbst gebackenen Plätzchen. Seine Geschwister saßen unter dem Weihnachtsbaum und rissen ungeduldig das Papier von den Paketen. Und dann waren da auch noch die Großeltern, die ihren Enkeln beim Auspacken der Geschenke zusahen und sich mindestens genauso freuten wie die Kinder.

Es waren herrliche Feste voll Harmonie und Zufriedenheit. Und heute? Kein Weihnachtsbaum, keine Plätzchen, nicht einmal weihnachtliche Musik. Nur Bücher, Bücher, Bücher. Wohin man auch blickte, standen sie. Kein Wort, kein Geräusch durchbrach die unheimliche Stille in Reicherts Wohnung. Der alte Mann musste an seine jüngere Schwester denken. Sie hatte ihn wie jedes Jahr zu sich eingeladen, doch er hatte abgelehnt. Er hatte schon so oft abgelehnt, dass niemand ernsthaft damit rechnete, dass er je zum Fest kommen würde. Trotzdem hatte ihn seine Schwester noch nie vergessen.

Die Einsamkeitsvögel freuten sich schon. Ihr Opfer konnte ihnen nicht mehr entkommen. Doch da hatte Tobias Reichert eine Idee: Er würde doch zu seiner Schwester gehen und das Fest zusammen mit ihrer Familie verbringen. Aufgeregt flatterten die Vögel durch die Luft. Reichert hatte bereits seinen Mantel angezogen, als ein Vogel dicht an seinem Ohr vorbeiflog und flüsterte:

»Vielleicht will dich deine Schwester gar nicht sehen. Vielleicht lädt sie dich nur ein, weil sie genau weiß, dass du nicht kommen wirst. Vielleicht störst du ihre schöne Feier. Außerdem hast du keine Geschenke und bekommst auch keine mehr.«

Müde ging der alte Mann zu seinem Sessel und setzte sich. Die Stimmen, die zu ihm sprachen, hatten völlig Recht. Zu Weihnachten gehörten nun einmal Geschenke. Wenn er schon unangemeldet bei seiner Schwester auftauchte, dann musste er wenigstens irgendetwas dabei haben, um aus der Überraschung eine freudige zu machen.

Die Einsamkeitsvögel triumphierten. Reichert war jetzt noch trauriger als zuvor. Nun konnten sie sich ans Werk machen und ihre Eier aus Stein in das Herz des alten Mannes legen. Plötzlich stand Tobias Reichert mit völlig unerwartetem Elan auf und ging zu einem Bücherregal. Sorgfältig wählte er einige Bände aus und steckte sie in eine Tasche. Seine stillen Freunde, die er all die Jahrzehnte so sehr geliebt hatte und immer noch liebte, konnten ihm jetzt helfen, die Einsamkeit zu besiegen. Sie waren die Geschenke, die er den Verwandten mitbringen wollte.

Schnellen Schrittes verließ er die Wohnung. Die Einsamkeitsvögel flatterten durchs Zimmer. Mit dieser ungeahnten Wendung hatten sie nicht gerechnet. Sie beeilten sich, dem alten Mann zu folgen, in der Hoffnung, doch noch an ihr Ziel zu gelangen.

Tobias Reichert kam sich vor wie der einzige Mensch auf der Welt. Die Straßen waren wie ausgestorben. Er genoss den Anblick der weihnachtlich geschmückten Fenster und Bäume. Dass gerade die ersten, noch winzigen Schneeflocken auf die Erde fielen, rundete das harmonische Bild ab. Ein herrlicher Anblick! Warum war ihm in all den Jahren nie aufgefallen, wie schön die Welt doch war, warum hatte er ihre Schönheit zwischen zwei Buchdeckeln gesucht, anstatt aus dem Fenster zu sehen?

Ein wenig später stand er vor dem Haus seiner Schwester. Langsam ging er zur Haustür und streckte die Hand aus, um zu klingeln.

»Tu's nicht«, flüsterten die Einsamkeitsvögel, die immer noch um ihn herumflogen.

Doch der alte Mann ließ sich nicht mehr aufhalten. Er klingelte.

Reicherts Schwester, sein Schwager, seine Neffen und deren Kinder waren alle sehr erstaunt, den alten Eigenbrötler zu sehen. Doch sie freuten sich sehr über den unerwarteten Besuch. Gemeinsam feierten sie ein fröhliches, wunderschönes Weihnachtsfest. Tobias Reichert erkannte, was er bisher verpasst hatte und war froh darüber, noch einmal die Chance bekommen zu haben, sein Leben zu ändern. Natürlich blieben die Bücher seine große Leidenschaft, ja seine Freunde. Aber daneben standen nun seine Schwester und deren Familie, die ihm zumindest genauso wichtig waren. Für die Einsamkeitsvögel war es ein trauriges Fest. Als sie Tobias Reichert fröhlich mit seinen Verwandten feiern sahen, wussten sie, dass sie das Spiel verloren hatten. Sie lösten sich in Luft auf, bis sie eines Tages, in gar nicht weiter Ferne, ein neues Opfer gefunden hatten.«

Christina war müde geworden. Dennoch stellte sie eine letzte Frage an ihren Großvater:

»Heißt das, dass einem die Einsamkeitsvögel nichts anhaben können, wenn man eine Familie hat?«

»Wenn man eine Familie hat, in der man sich geborgen fühlt und die man liebt, haben sie keine Chance. Es gibt aber noch andere Mittel und Wege, um die Vögel zu vertreiben ...«

Dem Großvater kam eine gute Idee für eine neue Geschichte, doch er musste feststellen, dass Christina eingeschlafen war. Liebevoll deckte er sie zu, knipste das Licht aus und verließ leise das Zimmer.

Am nächsten Abend fragte Christina: »Opa, erzähl mir doch noch eine Geschichte. Bitte!«

Und der Großvater begann zu erzählen, obwohl er viel lieber einen spannenden Krimi gelesen hätte ...

Die Geschichte
des kleinen Wassertropfens Plitsch

Dies ist die Lebensgeschichte des kleinen Wassertropfens Plitsch. Er wurde am 26. Dezember des Jahres 200 000 Wolkenzeit auf der Wolke Cumiwo 12 geboren. Plitsch war das dritte Kind des Oberwasserlehrers Willibald Plum und seiner Frau Horacia Plum, die auf der ganzen Wolke als große Geschichtenerzählerin verehrt wurde. Alle kleinen Wassertropfen aus dem Ort Wolkor gingen bei Oberwasserlehrer Plum in die Schule. Er war ein sehr schlanker, großer und strenger Tropfen, der immer eine Brille mit schwarzem Rand trug und deshalb den Spitznamen »Brillenplum« hatte. Bei ihm lernten die kleinen Tropfen alles über Wasser und andere lebenswichtige Dinge.

Horacia Plum war das genaue Gegenteil ihres Mannes. Sie war klein, sehr dick und immer freundlich. Sie war nicht nur eine gute Geschichtenerzählerin, sondern auch eine hervorragende Köchin. Wenn sie ihre berühmten Zuckerwasserpfannkuchen machte, kamen von überall her kleine und große Tropfen, die die Pfannkuchen probieren wollten. Frau Plum freute sich darüber riesig.

Und eben diesem allseits bekannten Tropfenehepaar wurde an einem schönen Samstag ein drittes Kind, der kleine Plitsch geschenkt. Plitsch hatte zwei ältere Schwestern, die Zwillinge Platsch und Plutsch. Sie waren zwei sehr aufgeweckte kleine Tropfenmädchen, die mit größter Ungeduld die Geburt ihres Brüderchens erwarteten.

»Er ist da! Er ist da!«, riefen sie aufgeregt, als sie die ersten Schreie des kleinen Plitsch hörten. Als der Brillenplum aus dem Zimmer kam, stürzten sie sich auf ihn und riefen im Chor: »Papi, Papi, dürfen wir den kleinen Plitsch sehen? Wir sind auch ganz brav und leise, wenn du es uns erlaubst.«

So streng der Oberwasserlehrer auch war, seinen beiden Töchtern konnte er keine Bitte abschlagen, auch wenn er sich das fest vorgenommen hatte. Doch wenn sie ihn mit flehendem Blick ansahen, wurde sein Herz weich und er konnte nicht nein sagen. So gab er auch dieses Mal wieder nach, und Platsch und Plutsch stürmten in das Zimmer ihrer Mutter.

»Wo ist der kleine Plitsch?«, riefen sie aufgeregt und sahen sich im Zimmer um.

»Dort in der Wiege«, antwortete Frau Plum noch etwas erschöpft von der Geburt. Vorsichtig schlug Platsch die Decke zurück, und das Tropfenbaby kam zum Vorschein.

»Der ist ja winzig!«, rief Platsch.

»Und hässlich!«, ergänzte Plutsch entsetzt.

»Ihr habt auch einmal so ausgesehen«, meinte Frau Plum, aber ihre Töchter wollten ihr nicht glauben. Dieses Kind war so klein, hatte ein ganz faltiges Gesichtchen und zusammengekniffene, geschwollene Augen. So hatten sie nicht ausgesehen, niemals.

»Morgen wird er schon ganz anders sein. Glaubt mir!«, versuchte Frau Plum die beiden Tropfenmädchen aufzuheitern. Doch sie glaubten der Mutter nicht.

Aber tatsächlich, es war wie ein Wunder! Am nächsten Morgen hatte sich der kleine Plitsch völlig verändert. Über Nacht hatte er sich mit Wasser voll gesogen und war dick und rund geworden. Als er seine Schwestern sah, fing er freudig an zu lachen. Platsch und Plutsch verliebten sich sozusagen auf den zweiten Blick in ihr kleines Brüderchen und nicht nur sie, sondern alle Bewohner von Wolkor. Plitsch war das schönste Kind weit und breit und konnte mit seinem herzlichen Lachen alle bezaubern. Früher als andere Kinder konnte Plitsch laufen und sprechen – schon nach einer Woche tollte er mit seinen Schwestern ausgelassen im Garten der Plums herum. Sie spielten »Schwarzer Wassermann« oder Wasserball. Anfangs ließen die Schwestern ihr Brüderchen gewinnen, doch schon sehr bald mussten sie feststellen, dass Plitsch in allen Spielen besser war als sie selbst. Das ärgerte die Schwestern allmählich, und sie überlegten sich ein Spiel, in dem sie ihren Bruder mit Sicherheit schlagen konnten.

An einem sehr sonnigen und heißen Tag, an dem die Tropfen nur mit großen Hüten auf die Straße gingen, weil sie Angst hatten, zu verdunsten, gingen Plitsch, Platsch und Plutsch zum nahe gelegenen Wald, um sich vor der Sonne zu schützen. Dort befand sich die magische, uralte »Krixkraxeiche«, deren Krone angeblich bis in den Himmel reichte. Viele hatten schon versucht, bis auf die Krone der Eiche zu steigen, aber alle hatten aufgegeben, denn der höchste Ast schien in endloser Ferne zu liegen. Nicht nur die Größe der Eiche war außergewöhnlich, sondern auch ihre Farbe. Sie leuchtete in allen nur erdenklichen schönen Farben. Ein Ast war rot, der andere gelb und wieder ein anderer braun. Platsch und Plutsch waren für ihre Kletterkünste bekannt und dachten, ihren Bruder wenigstens in dieser Disziplin schlagen zu können.

»Siehst du den roten Ast, Plitsch? Wer als Erster von uns dreien dort oben ankommt, hat gewonnen«, erklärte Platsch ihrem Bruder die Spielregeln.

»Also dann, los geht's«, sagte Platsch, nachdem alle drei ihre Startplätze eingenommen hatten. »Auf die Plätze! Fertig! Los!«

Auf dieses Kommando rannten die drei Tropfenkinder auf den Baum zu, umfassten den Stamm und kletterten so schnell sie konnten nach oben, dem roten Ast entgegen. Zunächst sah es so aus, als würde Platsch, knapp gefolgt von Plutsch, gewinnen. Doch nachdem sie etwa die Hälfte der Strecke zurückgelegt hatten, holte Plitsch langsam auf. Kurz darauf waren alle drei Kopf an Kopf. Wenige Meter vor dem Ziel gelang es Platsch sich von den anderen abzusetzen, und sie gewann – dicht gefolgt von ihren gleichzeitig eintreffenden Geschwistern.

»Gewonnen!«, rief Platsch und ließ sich auf den Ast fallen. Dort saßen die drei lange Zeit und genossen den Blick auf die ganze Umgebung. Man konnte bis zu den großen Wolkenbergen auf der einen Seite und dem großen Wolkenmeer auf der anderen Seite sehen.

Und dann, als die drei wieder nach Hause gehen wollten, geschah es. Die Wolke begann zu zittern und gab ein merkwürdiges Grollen und Knirschen von sich. Was war nur geschehen? So schnell sie konnten, stiegen die Kinder den Baum hinab und rannten nach Hause. Nun begann die Wolke richtig zu beben.

Der Boden riss direkt vor den drei Tropfenkindern auf. Vor ihnen entstand ein großes Loch, das sie nicht überwinden konnten. Als sie sich umdrehten, sahen sie, wie die große »Krixkraxeiche« langsam hin- und herwankte und schließlich unter lautem Getöse umfiel. Die Erschütterung des Aufpralls war so groß, dass die Wolke endgültig auseinander brach. Plitsch, Platsch und Plutsch fielen unter lautem Geschrei durch die Luft, wie viele tausend andere Tropfen ebenfalls. Alles begann sich zu drehen, und sie flogen mit rasanter Geschwindigkeit auf einen Blauen Planeten, die Erde, zu.

Als sie dem Boden immer näher kamen, schlossen die Tropfenkinder verängstigt die Augen. Jetzt hat unsere letzte Stunde geschlagen, dachten sie. Aber plötzlich wurde ihr Fall wie durch ein Wunder abgebremst, und sie fielen sanft zu Boden. Sie hatten das Gefühl, einen Fallschirm dabeizuhaben, der sich in letzter Sekunde öffnete.

Erst nach einigen Augenblicken trauten sich die drei, ihre Augen zu öffnen. Sie hatten sich während des ganzen Sturzes in die Tiefe an den Händen festgehalten und taten das auch jetzt noch. Unter allen Umständen wollten sie zusammenbleiben. Als sie die Augen öffneten, sahen sie tausende von Tropfen, so weit ihre Augen reichten. Für sie war es ein Meer aus Tropfen. Für uns Menschen ist dieses Meer allerdings sehr klein, und wir nennen es Pfütze. Plitsch, Platsch und Plutsch versuchten, inmitten der vielen Tropfen ihre Eltern zu sehen, aber das war so gut wie unmöglich. Deshalb beschlossen sie, Herrn und Frau Plum zu suchen. Dicht aneinander geschmiegt zwängten sie sich durch die engen Reihen. Alle Mühen schienen vergeblich, bis Plitsch plötzlich rief: »Da drüben sind Mama und Papa!«

Und tatsächlich, er hatte Recht. Frau Plum, die sehr eitel war, versuchte gerade, ihre zerzauste Frisur wieder in Ordnung zu bringen, während Herr Plum sein zerrissenes Hosenbein begutachtete. Die Geschwister versuchten, sich zu ihren Eltern durchzuschlagen, aber da nahte schon die nächste Gefahr. Erneut erbebte die Erde, und plötzlich tauchte ein für die Tropfen riesiger Fuß auf. Es war der Fuß des alten Polizisten Schleicher, der auf dem Weg zu seinem wöchentlichen Stammtisch war. Und dieser

Fuß trat mit voller Wucht in die Pfütze. Viele der Tropfen wurden in alle Richtungen geschleudert, während Schleicher gut gelaunt seinen Weg fortsetzte. Er konnte ja nicht ahnen, was für ein Unglück er angerichtet hatte. Auch Herr und Frau Plum wurden weggeschleudert. Die drei Kinder blieben unverletzt, während ihre Eltern nicht mehr zu sehen waren. Alles Suchen war vergeblich und keiner weiß, was aus ihnen geworden ist.

Plitsch, Platsch und Plutsch begannen zu weinen. Dies sah ein sehr alter Tropfen und kam auf sie zu. Der Alte war völlig ruhig und gelassen, als wäre nichts Außergewöhnliches geschehen. »Was ist los mit euch, Kinder? Warum weint ihr denn?«, fragte er besorgt.

Alle drei redeten durcheinander. Sie waren so aufgeregt, dass sie alles doppelt sagten und ins Stottern kamen.

»Und jetzt sind wir hier und wissen nicht wie es weitergehen soll. Wir werden nie wieder nach Hause zurückkehren können«, stammelte Plitsch und alle drei begannen erneut zu weinen.

»Aber wisst ihr denn nicht, dass das, was heute geschehen ist, alle fünfzig Jahre geschieht?«, fragte der Alte und versuchte, die Kleinen zu beruhigen. »Ich habe das schon einmal erlebt und ich lebe noch, wie auch eure Eltern. Wir Tropfen sind unsterblich, wir gehen nur von einer Form in eine andere über. Eure Eltern haben ein neues Zuhause hier auf diesem Planeten gefunden, wie viele andere ebenfalls. Einige von uns werden jetzt glücklich in Seen oder Meeren leben und Dinge sehen, von denen ihr nicht einmal wisst, dass es sie gibt. Andere werden durch den Boden sickern und in einer wunderbaren unterirdischen Welt leben. Und wieder andere werden auf eine neue Wolke zurückkehren und dort ein völlig neues Leben beginnen. Und nach fünfzig Wolkenjahren wird diese Wolke wieder auseinander brechen und ihr werdet wieder auf die Erde fallen, denn die Menschen und Pflanzen brauchen uns, um leben zu können. Wir sind das Wichtigste für den Erhalt der Welt. Ohne uns läuft nichts. Und deshalb müssen wir von Zeit zu Zeit auf die Erde kommen.«

»Aber was können wir hier tun, um den Menschen zu helfen?«, fragte Plutsch neugierig und hatte ihre Sorgen schon fast wieder vergessen.

Der alte Topfen lachte und antwortete: »Das könnt ihr noch nicht verstehen, dazu seid ihr noch zu jung. Aber ich kann euch sagen, dass ihr etwas von euch hier lassen werdet, ohne es zu merken. Was es ist, werdet ihr noch erfahren. Aber seht, da kommt die Sonne zum Vorschein. Bald werden wir wieder auf einer Wolke sein.«

Noch während der alte Tropfen dies sagte, kam ein hässlicher streunender Hund des Weges. Er sah die Pfütze, und da er sehr durstig war, beschloss er, ein wenig Wasser aus ihr zu trinken. Die Tropfen schrien, als sie das riesige Maul des Hundes sahen und dessen gewaltige Zunge auf sie zukam. Er würde sie alle verschlingen, und wer weiß, was dann geschehen würde. Nur Plitsch blieb geistesgegenwärtig. Während die anderen zitterten und schrien, sprang er in die Luft und setzte sich in das Auge des Hundes. Der Hund versuchte sich zu kratzen, aber er konnte Plitsch nicht fangen. So beschloss das Tier verärgert, sich zurückzuziehen. Plitsch sprang in die Pfütze zurück. Unter Jubel wurde er empfangen und als Retter gefeiert. Er war der Held des Tages, der die Gefahr noch einmal hatte abwenden können.

Gespannt sahen die Tropfen nun zur Sonne. Sie spürten, wie ihre warmen Strahlen sie trafen. Es wurde heißer, und sie begannen Wasser zu verlieren. Sie wurden immer dünner, bis sie schließlich nur noch eine leere Hülle waren. Merkwürdigerweise war das kein unangenehmes, sondern ein wunderschönes Gefühl. Schöner als alles, was sie je zuvor erlebt hatten. Plötzlich merkten sie, wie sie von einem Sonnenstrahl umfangen und hochgehoben wurden. Zunächst noch langsam, doch dann immer schneller, zog sie der Strahl immer weiter nach oben. Es war ein herrliches Gefühl. Die Erde begann kleiner und kleiner zu werden, bis sie fast nicht mehr zu sehen war. Sie gelangten in einen weißen Nebel, und plötzlich saßen sie inmitten einer blühenden Landschaft auf einer Wolke, die Cumiwo 12 sehr ähnelte.

Es war ein Wunder! Sie lebten noch, und sie waren wieder auf einer Wolke, auf der sogar schon Wohnungen waren, in die sie nur noch einzuziehen brauchten. Es dauerte nicht lange, bis auch die drei Geschwister eine schöne Wohnung gefunden hatten. Nun begannen sie die Wolke zu erkunden. Anfangs sah sie genauso aus wie Cumiwo 12, aber dann entdeckten sie von Tag zu Tag mehr Unterschiede. Das Leben brachte ihnen jeden Tag eine neue aufregende Entdeckung, und sie hatten gar keine Zeit, sich zu langweilen. So vergingen die Wolkenjahre. Selbstverständlich dachten sie oft an ihre Eltern, aber mit der Zeit ließ der Schmerz nach, und es blieben schöne Erinnerungen.

Die drei Tropfenkinder wurden groß und hatten selbst Kinder. Sie führten ein ruhiges, friedliches Leben, bis eines Tages, nach etwa fünfzig Jahren, die Wolke langsam zu Zittern begann und aus dem Zittern ein richtiges Beben wurde …

Erlebnisse einer Hummel

L aut brummend flog die Hummel durch die Lüfte. Sie war mit sich und der Welt an diesem herrlichen Tag zufrieden. Früh am Morgen hatte sie sich aufgemacht, um nach köstlich duftenden Blumen zu suchen und sie war fündig geworden. Während viele ihrer Freundinnen sich auf Wiesen herumtrieben und sich mit den dort wachsenden heimischen Blumen zufrieden gaben, war die Hummel ein richtiges Leckermaul und liebte alles Exotische, nicht Alltägliche. Das Außergewöhnliche war jedoch nicht auf Wiesen zu finden, sondern in den Anlagen von Hobbygärtnern, die deshalb zum bevorzugten Revier der Hummel gehörten.

Gerade heute hatte sie einen besonders schönen Garten gefunden, in dem es eine Fülle verschiedener Blumen gab. Die Hummel hatte keine Ahnung, welche Namen die Menschen den Blumen gegeben hatten. Sie wusste nicht, dass die leuchtend rote Blume dort vorne eine Rose war. Für sie war es einfach nur eine rote Blume, von der ein wunderbarer Duft ausging. Wenn eine Blume so gut roch, so konnte sie sicher sein, dass ihr Nektar auch hervorragend schmeckte. Manche Blumen täuschten die Hummel jedoch auch. Sie rochen köstlich, schmeckten aber abscheulich. Die gelbe Blume, an der sie gerade vorbeiflog, war so eine. Die hatte die Hummel einmal probiert, aber bestimmt würde sie es kein zweites Mal tun.

Eigentlich wollte sich die Hummel zurückziehen. Es war heiß geworden, und sie hatte so viel gegessen, dass sie müde geworden war. Dicker Bauch fliegt nicht gern, so lautete ein Hummelsprichwort. Wie bei vielen Sprichwörtern hörte es sich zwar lustig an, hatte aber durchaus eine wahren und ernsten Kern. Deshalb wollte die Hummel einen schönen schattigen Platz suchen, an dem sie ein Mittagsschläfchen halten konnte.

Doch alles kam anders als geplant. Denn die Hummel entdeckte eine Blume, die sie magisch anzog. Es war eine große lilafarbene Blume, die sie zuvor noch nie gesehen hatte. Sie ragte hoch über die anderen Blumen, die sie umgaben, heraus und hatte eine einzige Blüte, die aus einem langen Blütenkelch bestand. Die Blätter der Blüte waren von einem hellen Lila, in dem sich einige dunklere Linien abzeichneten. Die Blume sah wunderschön aus und – für die Hummel fast noch wichtiger – verströmte einen betörenden Duft. Als sie diesen Duft roch, war sofort klar, dass der Mittagsschlaf warten konnte. Sie musste den Nektar dieser Blüte kosten und wenn sie platzen würde. Ein klein wenig Platz wird sich in meinem Magen schon noch finden, dachte sie. Gierig landete die Hummel auf dem großen Blütenkelch, der unter ihrem Gewicht erzitterte. Bevor sie in die große Öffnung, die zu ihrer Mahlzeit führte, hineinkroch, sah sich die Hummel noch einmal um. Die anderen Hummeln, Wespen und Bienen waren weit entfernt. Das war gut so, denn die Hummel konnte es nicht leiden, wenn sie bei der Mahlzeit von anderen Insekten gestört wurde.

Langsam kroch sie durch den immer schmaler und dunkler werdenden Tunnel ins Innere des Blütenkelchs. Der Duft der Blume wurde immer intensiver. Das Ziel war nicht mehr fern. Die Hummel kroch schneller, bis sie im Allerheiligsten der Blume ankam. Voller Gier schlürfte sie den Nektar. Der kleine Zwischenstopp vor dem Mittagsschlaf hatte sich gelohnt. Selten hatte die Hummel nach einem wahren Festessen auch noch einen so außerordentlich schmackhaften Nachtisch zu essen bekommen. Diese Blumenart musste sie sich gut merken, denn sie wollte noch häufig in den Genuss eines solchen Gaumenschmauses kommen.

Aus heiterem Himmel, ohne Vorwarnung, wurde die Hummel an die eine Wand geschleudert, um gleich darauf auf die andere zu prallen. Die Blume schwankte heftig hin und her, wie ein kleines Boot in einem schweren Sturm. Was war geschehen? Langsam ließ die Bewegung nach, doch schon im nächsten Moment wurde die Blume wieder angestoßen und schwankte stärker als zuvor. Ein Sturm war nicht die Ursache, denn noch vor wenigen Minuten hatte kein Lüftchen geweht. Irgendjemand, ein Mensch oder Tier, musste an der Blume rütteln. Die Hummel flog von einer

Wand gegen die andere. Es bestand keine Möglichkeit, sich festzuhalten. Sie konnte nur hoffen, dass die Erschütterung schnell vorübergehen würde. Doch da hatte sie sich verrechnet. Es wurde ihr richtig schlecht durch das Geschaukel. Vor ihren Augen drehte sich alles, und selbst als die Blume nur noch gemächlich hin- und herschwankte und schließlich bewegungslos verharrte, sah die Hummel ihre Umgebung immer noch unscharf.

Nachdem sie sich beruhigt hatte und das Drehen in ihrem Kopf nachließ, wollte die Hummel so schnell wie möglich aus dem Blütenkelch heraus und an die frische Luft. Das war jedoch leichter gesagt als getan. Durch die Erschütterung hatten sich die Blätter der Blüte zusammengezogen. Dort, wo gerade noch ein Gang nach draußen gewesen war, waren nun nur noch die Blätter, die den Weg ins Freie versperrten. Nur ein winziger Spalt führte nach draußen. Aber was heißt winzig? Für eine Biene oder eine Wespe wäre der Spalt breit genug gewesen, doch die Hummel war viel zu dick. Dennoch versuchte sie, sich hindurchzuzwängen und blieb – wie nicht anders zu erwarten war – stecken.

Eine furchtbare Situation. Die Hummel konnte weder vor noch zurück. Sie war in einer aussichtslosen Lage. Hätte ich nur nicht so viel gegessen, dann würde ich jetzt durch den Gang passen, dachte sie verzweifelt.

Sie bekam entsetzliche Angst, nie mehr aus der Blume herauszukommen. Sie hatte Angst zu verhungern, was unwahrscheinlich war, denn von ihren Fettpolstern hätte sie tagelang zehren können. Sie hatte Angst zu ersticken, was wiederum wahrscheinlicher war, denn die Luft wurde knapp. Warum hatte sie so gierig sein müssen? Sie hatte den ganzen Vormittag vom Nektar der verschiedensten Blumen geschlemmt. Das hätte eigentlich genügt. Aber nein, sie musste ja noch einen Nachschlag haben, mit dem Erfolg, dass sie nun festsaß und wahrscheinlich nie mehr lebend aus dieser Blume herauskommen würde.

Die Hummel hatte einmal gehört, dass an einem Sterbenden das vergangene Leben noch einmal vorbeiziehen würde. Da sie fest davon überzeugt war, dass sie sterben müsste, dachte auch sie über ihr Leben nach. Was waren die Höhepunkte ihres Lebens, was waren die unvergesslichen Momente gewesen? Sofort fiel ihr die Wiese am Main ein, auf der sie einen ganzen Tag von einer dieser kleinen gelben Blumen zur anderen geflogen war und den Nektar geschlürft hatte. Sie dachte auch an den Garten des Rosenzüchters, der für sie das reinste Paradies gewesen war. Oder das Sonnenblumenfeld vor dem kleinen Ort, dessen Namen ihr entfallen war. Aber sie konnte sich noch genau an den Geschmack des Nektars erinnern. So sehr sie auch über die schönen Momente ihres Lebens nachdachte, sie hatten alle mit Essen zu tun. Eigentlich traurig. Sie hatte viel von der Welt gesehen, aber erinnern konnte sie sich eigentlich nur daran, was sie wo gegessen hatte. Und ihre Sucht nach Essen hatte sie in ihre missliche Lage gebracht. Jetzt, wo es zu spät war, bereute die Hummel, früher nicht auch an andere Dinge gedacht zu haben. Sie würde viel nachzuholen haben, wenn sie nur eine zweite Chance bekäme.

Über all diese Dinge dachte die Hummel nach, während sie im Blütenkelch eingeklemmt war. Sie hielt ihr Leben für vergeudet, aber es war zu spät, um noch etwas daran zu ändern. Plötzlich hörte sie, wie sich etwas der Blume näherte. Im nächsten Moment schlug etwas heftig gegen den Blütenkelch, in dem die Hummel gefangen war. Der Schlag traf die Blume so stark, dass die Blütenblätter sich heftig hin- und herbewegten und die Hummel hinausgeschleudert wurde. Unsanft landete sie auf dem Boden. Noch etwas benommen sah sie sich um und erblickte einen Hund, der im Garten herumtollte und mit dem Schwanz wedelte. Dabei musste er wohl die Blume getroffen haben, in der die Hummel ihren Nachtisch verzehrt hatte. Ob nun der Hund an allem Schuld war oder nicht, war der Hummel völlig egal. Hauptsache sie war frei. Durch die Aufregung war sie wieder hungrig geworden. Eigentlich könnte ich vor dem Mittagsschlaf noch etwas essen, dachte sie und flog auf eine leuchtend weiße Blume zu.

Aus dem Leben eines Filmstars

Es ist so schrecklich hier! Wenn ich nur wüsste, wo ich überhaupt bin. Alles ist so fremd und außerdem furchtbar kalt. Was habe ich nur falsch gemacht? Ich kann mich nicht erinnern, etwas Böses getan zu haben, für das ich nun büßen müsste. Wenn mir doch nur jemand erklären könnte, wo man mich hinbringen will und warum ... Aber vielleicht können Sie mir helfen, sehr verehrte Leserinnen und Leser. Gestatten Sie mir, dass ich mich zunächst einmal vorstelle. Der eine oder andere von Ihnen kennt mich vielleicht. Nein, Sie kennen mich bestimmt, wenn Sie gerne ins Kino gehen. Auch wenn Sie meinen Namen noch nicht gehört haben, so haben Sie mich doch auf jeden Fall im Film schon einmal gesehen.

Aber ich will Sie nicht länger auf die Folter spannen. Mein Name ist Lizzy und ich bin ein Schwertwal. Wenn irgendwer über mich spricht, so werde ich meist ›Killerwal‹ genannt – ohne zu wissen warum. Erstens ist die Bezeichnung Wal falsch. Eigentlich bin ich kein Wal, sondern ein Delphin, genauer gesagt, ich gehöre zu den prächtigsten Delphinen. Fleckendelphine, Tümmler, Rundkopfdelphine, Glattdelphine – und wie meine sonstigen Verwandten noch heißen – sie sind alle klein, werden allerhöchstens zweieinhalb Meter lang, und sind meistens grau oder braun. Ich dagegen bin 6,74 Meter lang. Da kommen meine Verwandten, die gewöhnlichen Delphine, nicht mehr mit. Wie neidisch sie auf mein Aussehen sind! Mein Rücken ist glänzend schwarz, schöner kann selbst Seide nicht glänzen, während mein Bauch schneeweiß leuchtet. Rund um meine Augen habe ich je einen weißen Fleck, an jeder Seite auch. Wie herrlich sie sich von der schwarzen Farbe abheben! Jeder wird nun verstehen, warum mich gewöhnliche Delphine beneiden. Delphine sehen zwar gut aus, aber ich bin schön, was mir viele übel nehmen. Ich hebe mich von allen anderen ab. Warum mich die Menschen ›Killer-‹ und ›Mörderwal‹ nennen, kann ich nicht verstehen. Nie habe ich ein Tier oder einen Menschen getötet. Warum sollte ich etwas derart Niederträchtiges tun? Ich bin ja froh, wenn mir niemand etwas tut. Nein, ich könnte keinen verletzen, keinem Fischchen könnte ich etwas zuleide tun. Die Fische, die ich gegessen habe, waren immer schon tot, wenn Jean und Jack sie mir in mein Becken warfen. Es mag sein, dass Artgenossen von mir Killer sind, aber auch unter den Menschen gibt es viele, die Verbrechen begehen. Deshalb werden doch nicht gleich alle Menschen ›Killermenschen‹ genannt. Ich kann das nicht begreifen und betone deshalb noch einmal, dass ich nie einem anderen Tier oder einem Menschen etwas zuleide getan habe. Ganz im Gegenteil.

Verzeihen Sie, dass ich so abschweife, aber ich rege mich immer auf, wenn man mich als ›Killerwal‹ bezeichnet. Ich musste mich einfach rechtfertigen. Wissen Sie inzwischen, wer ich bin? Nein? Dann werde ich Ihnen meine bekannteste Filmrolle nennen, und Sie werden sich erinnern. Ich bin nämlich Schauspielerin, müssen Sie wissen. Vor fünf Jahren hatte ich meinen ersten Filmauftritt. Da war ich aber bereits seit vielen Jahren im Geschäft. Ich arbeitete in Orlando/Florida. In dem dortigen Park war, nein bin ich die große Attraktion. Täglich kann ich vor einem großen und begeisterten Publikum meine Kunst zeigen. Wie es der Zufall wollte, war eines Tages ein Produzent mit seiner Familie im Publikum. Vor allem die Kinder waren begeistert von mir. Sie waren ganz aufgeregt, als sie mich streicheln durften. Und auch dem Produzenten muss ich gefallen haben, denn er engagierte mich für seinen nächsten Film mit dem Titel ›Flipper und der Piratenschatz‹. Ich hatte nicht die Hauptrolle in dem Film, sondern Flipper, dieser eingebildete Delphin. Keine Ahnung, warum ihn die Kinder so lieben. Wenn sie ihn so gut kennen würden wie ich, wäre es bestimmt anders. Flipper benimmt sich, als wäre er der größte Schauspieler der Welt, dabei hat er von der Schauspielerei – mit Verlaub gesagt – keine Ahnung. Das zeigte sich vor allem in den Szenen, die er mit mir spielte. Ich war in dem Streifen sein Freund, was allein schon große Schauspielkunst erforderte. Es ging um einen Piratenschatz, den sich gefährliche Gauner aneignen wollten und … aber warum erzähle ich Ihnen das alles? Der Film war ein so großer Erfolg, dass Sie ihn bestimmt im Kino oder später im Fernsehen gesehen haben. Jeder sagte mir, dass es mir gelungen war, Flipper, den Star des Films, in den wenigen Szenen, die wir gemeinsam hatten, an die Wand zu spielen. Auf gar keinen Fall möchte ich eingebildet wirken. Diese Aussage stammt nicht von mir, sondern von renommierten Kritikern. Sie kann überall nachgelesen werden.

Auch die Produzenten und Regisseure hatten bemerkt, wie gut ich war, und schon in meinem zweiten Film bekam ich die Hauptrolle. Flipper trat darin auch auf, hatte aber nur einen winzigkleinen Gastauftritt. Er ärgerte sich schwarz darüber. Auch dieser Film, der übrigens einfach nur ›Lizzy, der Killerwal‹ hieß (Ich habe mich so sehr über die Bezeichnung ›Killerwal‹ geärgert, aber das sagte ich schon), wurde ein großer Erfolg. Ich rechnete fest damit, weitere Filme drehen zu können, aber ich bekam kein Angebot mehr. Stattdessen musste ich nach Orlando zurückkehren, um dort wieder täglich in Shows aufzutreten. Selbstverständlich waren die Shows jetzt noch größer und erfolgreicher als früher. Die Leute kamen in Scharen, um mich einmal live erleben zu können. Ich genoss die Achtung und die Liebe, die man mir entgegenbrachte. Jeden Tag gab ich mein Bestes, um das Publikum nicht zu enttäuschen. Wenn es dann außer sich vor Begeisterung applaudierte, war ich glücklich. Natürlich wäre ich gerne wieder in einem Film aufgetreten, aber ich musste einsehen, dass es für Wale leider nicht viele Rollen gab und die Konkurrenz war groß. Da war zum Beispiel ein kleiner Blauwal, ein Kinderstar mit dem Namen … Wie hieß er doch gleich? Ist ja auch egal, Sie wissen bestimmt, wen ich meine. Diesen kleinen Wal, der sich durch seine traurigen kindlichen Augen in die Herzen des Publikums spielte. Was heißt spielte? Schauspielen konnte er nicht. Er sah niedlich aus, das war alles.

Im Grunde genommen machte es mir nichts aus, keine Filme mehr zu drehen. Ich hatte immer noch meine Shows, die mir ohnehin mehr Spaß gemacht hatten. Unter uns gesagt, ist es nicht immer ein Vergnügen, Filme zu machen. Meine Stunts habe ich immer selbst ausgeführt, auch die gefährlichsten. Das war ganz schön anstrengend. Und dann die langen Wartezeiten, bis die Szenen gedreht wurden. Nein, das konnte ich nie vertragen. Dazu war ich viel zu ungeduldig. Da waren mir meine Shows lieber. Der Tagesablauf war geregelt, und ich musste nicht reisen. Reisen mit diesen Hubschraubern, unter denen man hängt und in der Luft schaukelt, ist nicht gerade besonders bequem.

Heute sah es tatsächlich so aus, als würde ich wieder eine Reise nach Hollywood machen. Auch wenn ich die Hubschrauber nie leiden konnte, ich freute mich doch, wieder nach Hollywood zu kommen, vor den Kameras stehen zu können, die Lichter angehen zu sehen und den lang ersehnten Ruf zu hören: ›Action!‹ Unterwegs merkte ich, dass wir nicht nach Hollywood flogen. Die Gegend, die ich unter mir sah, war mir gänzlich unbekannt. Was hatten die mit mir vor? Ich bekam es mit der Angst zu tun. Niemand hatte mich informiert. Erst jetzt fiel mir auf, dass bei meiner letzten Show am Abend besonders viele Zuschauer da gewesen waren, dass sie mir besonders laut und lange zujubelten. Außerdem hatte ich eine Sonderration der köstlichsten Fische bekommen, was sonst nur an besonderen Tagen wie meinem Geburtstag der Fall war. Ich hatte mir nicht viel dabei gedacht. Vielleicht war es eine Belohnung für eine außerordentlich gut gelungene Show. Aber jetzt im Nachhinein kam mir der gestrige Tag sonderbar vor. Warum waren die Kamerateams gekommen, warum hatten mich so viele Fotografen abgelichtet? Es kam mir fast so vor, als hätte der Tierpark von mir Abschied genommen. Alle hatten es also gewusst, nur mich hatte niemand informiert. Wo wollen die mich nur hinbringen? Nun gut, wir mussten ja nicht nach Hollywood fliegen. Überall konnten Außenaufnahmen gemacht werden. Aber wenn das der Fall war, dann hätten Jean und Jack meine Szenen mit mir geprobt, wie sie es immer gemacht hatten. Diesmal jedoch hatten sie es nicht getan. Wo waren Jean und Jack eigentlich? Saßen sie im Hubschrauber? Sie konnten mich doch nicht einfach in dieses furchtbare Gestell unter den Hubschrauber binden und dann verschwinden. Nach all den Jahren, die wir uns jetzt schon kannten. Nein, das war unmöglich.

Sicher mache ich mir unnötig Gedanken. Wir würden irgendwo landen, und die beiden würden aus dem Hubschrauber steigen und sich um mich kümmern. Ich werde sie richtig nass spritzen, wenn ich wieder im Wasser bin. Sie hätten mich vorher informieren müssen. Wenn sie wüssten, was für eine Angst ich ausstehen muss. Jetzt möchte ich zu gerne wissen, wo sie mich hinbringen. Wie lange sind wir jetzt schon in der Luft? Es müssen Stunden vergangen sein. Wir fliegen immer noch über dem Meer. Das Land ist schon lange nicht mehr zu sehen. Wenn wir doch nur endlich einmal landen würden. Es ist kalt hier. Bestimmt werde ich krank und dann müssen mich Jean und Jack pflegen … Der Hubschrauber fliegt niedriger. Da hinten ist auch Land zu sehen. Schön sieht es aber nicht aus. Ein karger Felsen, grau und öde. Wir können ruhig weiterfliegen. Hier möchte ich nicht einmal sterben. Aber was machen die denn? Sie fliegen immer tiefer. Ich möchte hier nicht landen. Fliegt doch weiter! Der Pilot kann mich nicht hören und selbst wenn, er würde mich nicht verstehen. Es hat keinen Sinn, sich aufzuregen. Er fliegt noch tiefer. Gleich bin ich im Wasser. Pfui Teufel, ist das kalt. Nehmt mich wieder mit! Nein, nicht wegfliegen. Ich will nicht hier bleiben. Hilfe! Kommt zurück!

Warum haben sie mich nur allein gelassen? Wenn ich nur wüsste, was ich getan habe, um so bestraft zu werden. Ich weiß ja nicht einmal, wo ich bin. Ich weiß nur, dass es hier kalt ist und mir die Umgebung nicht gefällt. Der Hubschrauber, er landet auf dem Festland. Einige Personen steigen aus. Ich muss näher an das Ufer schwimmen, um zu erkennen, wer das ist. Wenigstens wird es mir beim Schwimmen wärmer. Da sind ja Jean und Jack. Was für ein Glück! Ich muss schneller schwimmen, um bald bei ihnen zu sein. Hoffentlich sagen sie mir, was los ist. Wovon reden die beiden? Sind sie verrückt geworden? Sie fragen mich, wie es mir in der Freiheit gefällt. Wenn das die Freiheit ist, dann möchte ich sofort zurück in meine Gefangenschaft in Orlando. Niemand hat mich gefragt, ob ich frei sein will, und ich habe mich nie beschwert. Schöne Freiheit! Ich bin hier allein, mein Publikum ist nicht da, niemand kümmert sich um mich und es ist kalt. Ich will zurück. Warum versteht ihr das denn nicht, Jean und Jack?

Hier gibt es nicht einmal die köstlichen Fische, die ich immer so gerne verspeist habe. Vielleicht soll ich mich jetzt selbst um Essbares kümmern. Das heißt, dass ich Fische töten muss, dass ich zu einem Killerwal werde. Nein, das werde ich nicht tun, lieber verhungere ich.

Ich will zurück nach Florida. Wenn ich nur wüsste, wie ich dorthin komme. Wie weit mag Florida entfernt sein? Wir sind hier in Kanada, habe ich Jean und Jack sagen hören. Jetzt müsste ich nur noch wissen, wo Kanada liegt. Es hat keinen Sinn zu versuchen, Florida auf eigene Faust zu finden. Ich würde mich im Meer verirren und sterben. Aber wie kann ich Jean und Jack erklären, dass ich von hier fortwill? Wer zum Teufel hat mir das angetan? Ich war doch immer die Attraktion des Parks in Orlando, eine sichere Einnahmequelle. Sie können doch nicht so ohne weiteres auf mich verzichten. Vielleicht ist alles auch nur ein Scherz, ein sehr schlechter Scherz. Flipper, bestimmt steckt Flipper dahinter. Aber warum sollte er das tun? Er ist nach wie vor gut im Geschäft. Sicher haben ihn die guten Kritiken geärgert, die ich bekommen habe. Aber ich nehme ihm keine Rollen weg. Wir sind zwei grundverschiedene Typen und spielen verschiedene Rollen. Nein, Flipper scheidet ebenfalls aus. Wer hat mich aber dann in diese fürchterliche Lage gebracht? Ich werde es schon noch erfahren. Viel wichtiger ist es jetzt, von hier fortzukommen.

Ich werde Jean und Jack zeigen, dass es mir hier nicht gefällt, dass ich zurück nach Orlando will. Ich werde mein traurigstes Gesicht aufsetzten, wenn es sein muss, werde ich weinen. Wenn sie mich dann immer noch nicht verstehen, werde ich in den Hungerstreik treten. Dann werden sie etwas unternehmen müssen, wenn sie nicht wollen, dass ich sterbe. Und das wollen sie bestimmt nicht. Nein, ihr könnte mir eure Fische ruhig unter die Nase halten und tausendmal erklären, wie gut sie schmecken. Ich werde sie nicht anrühren und wenn ihr euch noch so sehr bemüht. Zwar habe ich furchtbaren Hunger, aber ich werde nicht nachgeben. Niemals. Wenn ich erst wieder in Orlando sein werde, die Sonne von Florida über mir, mein Publikum um mich … Wir könnten einige neue Kunststücke machen. Vielleicht haben sie mich deshalb fortgebracht. Sie dachten, ich sei zu alt, um etwas

Neues zu lernen. Aber das stimmt nicht. Ich werde Jean und Jack beweisen, dass ich noch nicht zum alten Eisen gehöre. Mir wird bestimmt ein Trick einfallen, mit dem ich alle in Erstaunen versetze. Dann werden sie bereuen, dass sie mir das angetan haben und um Verzeihung bitten. Ich werde ihnen verzeihen, aber nicht sofort. Sie sollen ruhig etwas zappeln. Man muss es den Leuten nicht immer so leicht machen. Wenn ich erst wieder zurück bin, werden alle von mir sprechen. Wenn ich wieder zurück bin, werden alle jubeln, weil sie erkannt haben, was sie an mir hatten. Wenn …«

Träumt die stumme Nachtigall, sie singe,
Dass das Herz des Widerhalls zerspringe.

Clemens Brentano

Die stumme Nachtigall

U nscheinbar war sie, die Nachtigall. Andere Vögel wie der
Eichelhäher oder die Blaumeise konnten ein prächtiges
Federkleid vorweisen. Sie wirkte dagegen, einfarbig wie sie war,
richtig langweilig. Immer wenn die Nachtigall das Rotkehlchen
sah, das sich stolz aufplusterte, damit alle sehen konnten, in
welch wunderschönem Rot ihr Gefieder erstrahlte, erblasste sie
fast vor Neid. Sie hätte so gerne auch etwas Farbe in ihrem Gefieder gehabt, stattdessen war sie vom Schnabel bis zum Schwanz
braun. Gut, es waren verschiedene Brauntöne, aber trotzdem kam
sich die Nachtigall hässlich vor. Sie schämte sich vor den anderen
Vögeln, die so schön waren. Selbst die schwarzen Amseln wirkten schöner als sie selbst. Schwarz war schon immer eine elegante
Farbe gewesen und kam nie aus der Mode.

So manche Träne hatte die Nachtigall wegen ihres Aussehens
vergossen, bis sie erkannte, dass sie etwas besaß, was andere
Vögel nicht hatten. Ihre außergewöhnliche Gabe hatte sie durch
Zufall entdeckt. Eines Tages hatte sie von einer Meise ein Lied gehört, das ihr so gut gefallen hatte, dass es ihr nicht mehr aus dem
Kopf ging. Zunächst summte sie es leise vor sich hin, bis sie sich
nicht mehr zurückhalten konnte und laut zu singen anfing. Da
wurden die anderen Vögel plötzlich ganz still. Durch den Wald
ertönte nur noch der Gesang der Nachtigall, der schönste Gesang,
den man dort je gehört hatte. Die Nachtigall war so sehr in ihr
Lied vertieft, dass sie gar nicht merkte, dass ihr alle aufmerksam
zuhörten. Erst als am Ende des Liedes die anderen Vögel begeistert applaudierten, kam sie wieder zu sich.

Von diesem Tag an sang die Nachtigall für alle Vögel. Sie vergaß ihr Aussehen. Das war ihr nun nicht mehr so wichtig. Sie
musste nicht mehr gut aussehen, denn durch ihren Gesang hatte
sie die Liebe und Anerkennung der Vögel gewonnen, nach der sie

sich schon lange gesehnt hatte. Nicht nur die Vögel liebten die Nachtigall wegen ihres bezaubernden Gesangs. Auch die Menschen wurden sehr bald auf sie aufmerksam. Sie wurde von den größten Dichtern der Welt in ihren Werken verewigt. Berühmte Sängerinnen wurden mit ihr verglichen, ohne an sie heranzureichen. Sie war der größte Star unter den Vögeln und war stolz darauf – was sie offen zugab. Nach vielen vergossenen Tränen lernte sie jetzt die Sonnenseite des Lebens kennen – endlich!

Aber wie das mit dem Glück nun einmal so ist, es kommt unvermutet und ebenso plötzlich geht es wieder. Die Nachtigall verließ es in einer schwülen Sommernacht. Tagsüber war es sehr heiß gewesen. Die Menschen hatten sich in den Schwimmbädern und Seen vergnügt, während die Tiere sich in den kühlen Schatten der Wälder zurückgezogen hatten.

Die Nachtigall wurde von leisem Donnergrollen geweckt. In der Ferne sah sie Blitze am Himmel zucken. Es dauerte nicht lange, bis die ersten Regentropfen zu Boden fielen. Die Nachtigall zog sich weiter in ihr Nest zurück, um sich vor dem Regen zu schützen. Doch schon bald regnete es in Strömen. Kein noch so guter Unterschlupf hätte sie jetzt noch schützen können. Ärgerlich sah die Nachtigall zum Himmel. Sie konnte es nicht leiden, nass zu werden. Dann schloss sie die Augen und wollte warten, bis das ganze Naturspektakel zu Ende war. Plötzlich ließ sie ein greller Blitz aufschrecken. Dem Blitz folgte ein ohrenbetäubendes Donnergrollen. Ein weiterer Blitz schlug nur wenige Meter von der Nachtigall entfernt in einen hohen alten Baum ein. Sofort stand der Baum lichterloh in Flammen. Der nächtliche Himmel war hell erleuchtet. Die Nachtigall hatte sich fast zu Tode erschreckt. Sie wollte schreien, aber statt eines lauten Schreis kam nur ein Krächzen aus ihrer Kehle. Sie versuchte es erneut, wurde aber von einem starken Hustenanfall geplagt, den sie sich mit dem Qualm des Feuers erklärte. Verzweifelt flog sie aus dem Wald, um dem Feuer, das sich inzwischen auf die umstehenden Bäume ausgebreitet hatte, zu entkommen.

Erschöpft ließ sich die Nachtigall auf einer Wiese nieder. Ihre Augen waren vom beißenden Rauch des Brandes gerötet und tränten. Die anderen Vögel waren ebenfalls aus dem brennenden

Wald geflohen und beobachteten nun aus sicherer Entfernung das Feuer. Ein Spatz hatte sich mit seinen Jungen, die laut schrien, direkt neben die Nachtigall gesetzt. Die beiden kleinen Spatzen hatten furchtbare Angst vor dem Feuer und weinten deshalb.

»Frau Nachtigall, können Sie für meine Kinder ein Lied singen, um sie abzulenken und zu trösten?«, bat der Spatz.

Natürlich konnte die Nachtigall in dieser Situation nicht nein sagen. Als sie jedoch ihren Schnabel öffnete, kam wieder nur ein erbärmliches Krächzen aus ihrer Kehle. So sehr sie sich auch anstrengte, sie konnte keinen Ton singen. Jetzt war es die Nachtigall, die getröstet werden musste.

»Regen Sie sich nicht auf«, versuchte der Spatz sie zu beruhigen. »Sie sind nur etwas heiser. Kein Wunder bei dem Qualm. Morgen früh werden Sie schon wieder so schön singen können wie eh und je.«

Wie sehr wünschte sich die Nachtigall, dass der Spatz Recht behalten sollte. Sie beschloss ihre Stimme zu schonen und erst am nächsten Morgen einen erneuten Sprechversuch zu wagen. Eisern hielt sie sich daran. Sie war zwar versucht zu sprechen, aber sie ermahnte sich, ruhig zu sein. Nur so konnte sich ihre berühmte Stimme wieder erholen.

Die Nachtigall konnte die ganze Nacht nicht schlafen. Die Angst, ihre Stimme verloren zu haben, peinigte sie. Am nächsten Morgen öffnete sie ängstlich den Schnabel und es geschah – nichts. Es blieb ihr nichts anderes übrig, als die bittere Erkenntnis zu akzeptieren, dass sie nicht mehr singen konnte. Ihre Stimme, ihr einziges Kapital, war verschwunden, sie war stumm. Die Nachtigall weinte. Was blieb ihr denn noch, wenn ihre Stimme nicht mehr da war? Ohne sie war sie nichts Besonderes mehr. Sie war nur noch Durchschnitt. Niemand würde sich nach ihr umdrehen, sich für sie interessieren. Verzweifelt weinte sie und konnte gar nicht mehr aufhören.

Die Nachricht, dass die Nachtigall ihre Stimme verloren hatte, verbreitete sich wie ein Lauffeuer. Im Handumdrehen wusste es das gesamte Tierreich. Alle, die ihr begegneten, bedauerten sie, gaben ihr Ratschläge, wie sie ihre Stimme wiedererlangen könnte und wünschten ihr alles Gute. Immer noch war die Nachtigall jedermanns Liebling. Doch bald ließ das Mitgefühl der Tiere spürbar nach. Die erste Neugierde war befriedigt worden, der Verlust ihrer Stimme war keine Sensation mehr. Jeder wusste davon. Da nichts Neues zu vermelden war, ließ das Interesse am Schicksal der Nachtigall nach. Sie musste erleben, dass sich niemand mehr nach ihr umdrehte, wenn sie durch die Lüfte flog. Und wenn doch, dann hörte sie die anderen nur tuscheln: »Sie hat ihre Stimme verloren. Die Ärmste. Früher, da war sie eine großartige Sängerin, aber heute …«

Dieses Mitleid war noch schwerer zu ertragen als das Desinteresse vieler anderer Vögel.

Das Zusammentreffen mit anderen fiel der Nachtigall immer schwerer. Sie beschloss sich zurückzuziehen. Fern von allen Vögeln wollte sie die Zeit, die ihr noch verblieb, verbringen. Jeden Abend, wenn sie einschlief, hoffte sie, am nächsten Morgen nicht mehr aufzuwachen. Die Freude am Leben war ihr genommen worden. Sie hatte nichts mehr, was ihr etwas bedeutete. Immer wieder versuchte sie zu singen, doch ihre Stimme kehrte nicht zurück, obwohl sie alle »Wundermittel« ausprobiert und die berühmtesten Spezialisten aufgesucht hatte. Alles war umsonst gewesen. Lange hatte die Nachtigall gehofft, dass die Stimme genauso plötzlich zurückkehren würde, wie sie verschwunden war. Doch diese Hoffnung hatte sie längst aufgegeben.

Wie so oft saß die Nachtigall auch an einem schönen Herbsttag im September in ihrem Nest und dachte an vergangene Zeiten, an ihre Triumphe als Sängerin, ihre Beliebtheit, an die Dinge, die nie wiederkommen würden. Traurig sah sie die Wolken am Himmel vorüberziehen und beobachtete zwei kleine Spatzen, die auf der Wiese miteinander spielten. Sie hörte ihr vergnügtes Zwitschern und wurde noch unglücklicher als zuvor. Plötzlich sah sie im Gebüsch einen Fuchs, der sich langsam an die beiden kleinen Spatzen heranschlich. Sie konnte seine gierigen Augen erkennen. Er freute sich schon auf sein delikates Mittagessen. Die jungen Spatzen waren nämlich viel schmackhafter als Mäuse oder andere Tiere, mit denen sich der Fuchs sonst begnügen musste.

Die Nachtigall beobachtete, wie sich der Fuchs immer näher an die Spatzen heranschlich. Die beiden spielten so fröhlich und stürmisch miteinander, dass sie die Gefahr nicht wahrnahmen. Der Fuchs würde leichtes Spiel mit ihnen haben. Die Nachtigall wollte den Spatzen etwas zurufen, sie warnen, aber sie war stumm. Auch war es zu spät hinzufliegen, um den Fuchs irgendwie abzulenken. Es war entsetzlich! Sie war dazu verurteilt, das schreckliche Schauspiel ansehen zu müssen, ohne etwas dagegen tun zu können. Der Fuchs war nur noch wenige Meter von den hilflosen Spatzen entfernt. Die Nachtigall konnte nicht tatenlos zusehen, wie er die beiden verspeiste. Sie schloss die Augen und schrie so laut sie konnte: »Nein!«

Der Schrei hallte durch den Wald. Erstaunt öffnete die Nachtigall die Augen. Hatte sie gerade wirklich gerufen oder hatte sie sich das nur eingebildet? Blitzschnell sah sie auf die Wiese. Die beiden kleinen Spatzen und der Fuchs sahen zu ihr hinauf.

»Fliegt davon, der Fuchs ist da!«, rief sie den beiden Spatzen zu. Der Fuchs setzte zum Sprung an, aber es war bereits zu spät. Die Spatzen waren gerade noch rechtzeitig davongeflogen. Wütend sah der Fuchs zum Nest der Nachtigall hinauf. Sie hatte ihn um sein köstliches Mittagsmahl gebracht.

Die Nachtigall jedoch weinte vor Freude. Sie war nicht mehr stumm. Sie konnte wieder sprechen, und sie konnte singen. Aus voller Brust trällerte sie ein Lied. Ihr Gesang war schöner als je zuvor. Wie ein Lauffeuer verbreitete sich die Nachricht von der Rettung der beiden Spatzenkinder und der wiedergefundenen Stimme der Nachtigall. Von nah und fern kamen die Vögel zum Nest der Nachtigall, um ihren Gesang zu hören. Plötzlich war ihr Name wieder in aller Munde. Jeder wollte sie hören. Ein Lied nach dem anderen sang sie für ihr Publikum, als gelte es, die verlorene, stimmlose Zeit aufzuholen. Tag für Tag sang sie ihre Lieder, bis sie eines Tages im hohen Alter die Augen schloss und ihre Stimme für immer verstummte.

Aufstand der Puppen

S chon lange munkelte man, dass in Dr. Claymans Haus am
Rande des kleinen Ortes Whitegate seltsame Dinge vor-
gingen. Der Doktor führte in der alten heruntergekommenen
Villa ein zurückgezogenes Leben. Er hatte wenig Kontakt mit
den Dorfbewohnern und empfing so gut wie keinen Besuch. In
einem kleinen Ort wie Whitegate gab dies natürlich Anlass zu
Spekulationen und Gerüchten. Was ging hinter den Mauern des
düsteren, zweistöckigen Hauses vor sich? Warum bewohnte es
der Doktor allein? Er hatte nicht einmal eine Haushaltsgehilfin.
Hätte er eine gehabt, so hätte man durch sie etwas über das Innere des Hauses erfahren können. Da er keine hatte, blieb alles,
was sich hinter der Tür und den geschlossenen Fensterläden
abspielte, im Verborgenen. Manchmal hörte man Geräusche aus
dem Keller. Geräusche, die wie das Hämmern eines Bildhauers,
das Hobeln eines Schreiners klangen. Was der Doktor in den
Nächten machte, das wusste keiner.

Auch die Vergangenheit von Dr. Clayman lag im Dunkeln. Die
einen behaupteten, er sei ein berühmter Arzt gewesen, dem bei
einer Operation ein so genannter »Kunstfehler« unterlaufen war,
bei dem die Patientin mit dem Leben bezahlen musste. Andere
vermuteten, er sei Alkoholiker und habe deshalb seinen Beruf
aufgeben müssen. Für diese Behauptung konnte man jedoch
keinerlei Anzeichen in seinem Verhalten finden. Es gab noch viel
wildere Spekulationen über sein Vorleben: Er sei ein berühmter
Schönheitschirurg gewesen, der sich in eine Patientin, eine welt-
bekannte Schauspielerin, verliebt hatte. Für die Diva war er nur
eine Affäre unter vielen, eine kleine Episode in ihrem bewegten
Leben gewesen, während es für ihn die große Liebe seines Lebens
war. Die Trennung von ihr hatte er nicht verkraften können. Er
hatte sich zurückgezogen, das schäbige alte Haus in Whitegate

gekauft und – was lag näher – wurde Alkoholiker. Ein Leben wie aus einem Boulevardmagazin. Was aber nun wirklich in seinem Leben geschehen war, was ihn veranlasst hatte, nach Whitegate zu ziehen – wir wissen es nicht.

Bleiben wir bei den Fakten. Es war inzwischen zwölf Jahre her, seitdem Dr. Clayman nach Whitegate gekommen war. Damals war er Mitte fünfzig, ein Mann in den so genannten »besten Jahren«, jenen Jahren, in denen manche ihre Midlife-Crisis erleben. Die allein stehenden Frauen von Whitegate – und nicht nur die – waren hingerissen von diesem eleganten Mann von Welt. Auf alle Annäherungsversuche der Damenwelt reagierte der Doktor jedoch einsilbig, um nicht zu sagen schroff. Bald gaben sie es auf, ihn zum Kaffee einzuladen. Es hatte doch keinen Sinn.

In den vergangenen zwölf Jahren hatte Clayman sein jugendliches Aussehen eingebüßt. Das einst sonnengebräunte Gesicht sah jetzt ungesund bleich aus. Die blonden Haare waren ergraut und hingen wirr in seine Stirn. Unter den Augen hatten sich dicke Tränensäcke gebildet. Er wirkte so, als hätte er viele Nächte nicht mehr geschlafen, und vielleicht war es auch wirklich so. Gleichgültig wie das Wetter war, Dr. Clayman trug immer einen dunkelbraunen Mantel und einen dazu passenden Hut. Selbst in der größten Hitze hatte er diesen Mantel an und machte trotzdem den Eindruck, als würde er frieren. Wenn Dr. Clayman jemanden ansah, schien es so, als würde er durch sein Gegenüber blicken. Viele fürchteten sich vor seinem starren Blick, und nicht zuletzt dieser Blick war es, der die Phantasie der Dorfbewohner anregte, der den schlimmen Gerüchten um seine Person Nahrung gab.

Was geschah nun wirklich in Dr. Claymans Haus? Woher stammten die nächtlichen Geräusche? Die Erklärung dafür hatte auf den ersten Blick nichts Unheimliches an sich. Seit seinem Rückzug aus dem Berufsleben hatte der Doktor ein ungewöhnliches Hobby – er schnitzte Puppen aus Holz. Nacht für Nacht arbeitete er an den Puppen. In den vergangenen zwölf Jahren hatten sich dank seiner unermüdlichen Arbeit unzählige dieser Puppen angesammelt. Sie saßen auf Regalen im Keller, die Doktor Clayman extra für sie angefertigt hatte. Eine Puppe saß neben der anderen, Seite an Seite. Man konnte gar nicht abschätzen, wie viele es waren.

Unter all diesen Puppen befand sich keine einzige, die der anderen glich. Manchmal war nur ein winziges Detail unterschiedlich. Ein Lächeln im Gesicht, eine Rose in der Hand oder ein Hut, dessen Krempe tief ins Gesicht gezogen war. Jede Puppe hatte ihre Eigenarten, hatte einen eigenen Charakter. Dr. Clayman besaß Puppen, die so klein waren wie seine Daumen, andere waren fast einen Meter groß. Es gab weibliche und männliche Puppen. Alle Berufsstände waren vertreten. Man konnte Ärzte in weißen Kitteln, Soldaten in den verschiedensten Uniformen, bezaubernde junge Models, alte bierbäuchige Mönche und viele Prominente sehen. Der Papst war genauso vertreten wie Fidel Castro, neben Liz Taylor und der Queen stand eine Putzfrau, zu deren Füßen Lassie lag. Lassie war übrigens einer der seltenen Vertreter aus dem Tierreich. Dem Anschein nach hatte Dr. Clayman nicht viel übrig für Tiere.

Und alle diese Puppen standen, wie gesagt in Reih und Glied nebeneinander. Sie waren das Ergebnis von unzähligen Stunden nächtlicher Arbeit. Wenn man das wusste, war es nicht erstaunlich, dass Dr. Clayman Schatten unter den Augen hatte.

Dies alles wäre noch nicht geheimnisvoll oder gar unheimlich gewesen. Man hätte sagen können, dass sich der Doktor für seinen Lebensabend ein schönes, wenn auch etwas ungewöhnliches Hobby ausgesucht hatte, das seine Tage (und Nächte) sinnvoll ausfüllte und ihm Freude bereitete. Ganz so war es jedoch nicht. Dem aufmerksamen Beobachter wäre sofort aufgefallen, dass mit den Holzpuppen etwas nicht stimmte. Sie hatten alle ein dunkles Geheimnis. Eine Puppe hatte beispielsweise den Arm eingegipst, die nächste das Bein. Eine Puppe hatte eine Schramme im Gesicht, die andere eine Operationswunde am Bauch. Auch wenn man noch so sehr suchte, es gab keine Puppe ohne eine Verletzung, ohne Makel. Woher kamen diese Verletzungen? Es konnte nur Dr. Clayman selbst sein, der seine eigenen Geschöpfe verletzte. Doch was war der Grund dafür? Warum opferte ein Mann so viel Zeit, um mit größter Sorgfalt Puppen zu schnitzen – und diese dann zu entstellen? Viele Stunden benötigte der Doktor, um seine Puppen zu gestalten. Jede noch so kleine Nuance wurde von ihm sorgfältig ausgearbeitet. Er stellte die Holzpuppen mit seiner ganzen Liebe her, schneiderte ihnen schöne Kostüme und bemalte ihre Gesichter mit größter Sorgfalt. Wenn eine neue Puppe fertig war, setzte er sie auf einen gepolsterten Stuhl und sah sie sich lange an. Reglos stand Dr. Clayman, der Schöpfer, vor seinem Werk. Er atmete schwer und kniff die Augen zusammen, bis sie nur noch zwei kleine Schlitze waren. Langsam ging er um den Stuhl herum, um sich die Puppe von allen Seiten genau betrachten zu können. Plötzlich ergriff er sein Geschöpf und schleuderte es gegen die Wand. Er packte einen Hammer und schlug mehrmals auf die am Boden liegende Puppe ein.

So schnell und unerwartet der Wutanfall gekommen war, so schnell war er auch wieder vorüber. Dr. Claymans Miene hellte sich auf. Wie ein Vater, dessen kleines Kind hingefallen war, beugte er sich liebevoll zu der Puppe herunter, sprach beruhigende, tröstende Worte und trug sie schließlich zu seinem Arbeitstisch. Mit größter Gründlichkeit sah er sich ihre »Verletzungen« an. Durch den harten Aufprall am Boden war ein Teil ihres rechten Beines abgebrochen. Außerdem hatte sie eine Schramme am Kopf abbekommen. Mit geschickten, routinierten Bewegungen hatte sich Dr. Clayman seine Werkzeuge zurechtgelegt und begann die Wunden zu behandeln. Die Verletzung an der Stirn reinigte er mit einer Flüssigkeit. Dann suchte er am Boden nach dem herausgebrochenen Stück Holz und klebte es mit Leim vorsichtig an die richtige Stelle. Schließlich verschloss er die »Wunde« mit einem Pflaster. Das gebrochene Bein bereitete Dr. Clayman mehr Arbeit. In einem Nebenzimmer rührte er eine Gipsmasse an, drückte anschließend das fehlende Beinstück an die richtige Stelle und legte den Gips an. Müde setzte er sich dann auf einen Stuhl und wartete bis der Gips trocken war.

Dr. Clayman betrachtete sein Werk. Seine Augen funkelten, und auf seinen Lippen zeichnete sich ein Lächeln ab. Behutsam trug er die Puppe zu ihrem Platz im Regal. Als er den Raum verließ und das Licht ausschaltete, war es bereits vier Uhr morgens. Dieses furchtbare, unerklärliche Schauspiel wiederholte sich jedes Mal, wenn Dr. Clayman eine neue Puppe fertig gestellt hatte. Doch in einer Nacht im August kam es völlig anders, als der frühere Arzt erwartet hatte. Diese Nacht war wie die meisten in jener Jahreszeit.

Die Sterne funkelten und wurden nur manchmal von vorüberziehenden Wolken verdeckt. Es war schwülwarm und die Grillen zirpten. Dr. Clayman stand in seiner Werkstatt und modellierte die letzten Feinheiten einer besonders schönen Puppe. Es war eine Puppe mit einer wundervollen venezianischen Maske vor dem Gesicht. Clayman hatte für sie ein prunkvolles Kleid aus schwarzer und weißer Seide angefertigt. Sie war ein Meisterwerk, vielleicht die schönste Puppe, die er je geschaffen hatte. Als Clayman mit seiner Arbeit fertig war, zog er ihr das Kleid an und setzte sie auf den gepolsterten Stuhl. Er ging um den Stuhl herum, um sie von allen Seiten betrachten zu können. Plötzlich kniff er die Augen zusammen und ging auf die Puppe zu.

»Halt!«, brüllte da jemand. »Keinen Schritt weiter!«

Dr. Clayman erschrak fast zu Tode und drehte sich um. Niemand war zu sehen. Vorsichtig ging er durch das Zimmer. Er fühlte sich sehr müde. Bei dem Schrei musste es sich um eine Sinnestäuschung gehandelt haben. Es war Zeit, sein Werk zu beenden.

»Halt!«, hörte er es zum zweiten Mal rufen. Die Stimme klang nun bedrohlicher. »Wir spaßen nicht.«

Der Doktor griff nach einem großen Hammer und rief in die Stille: «Ich bin auch nicht zu Scherzen aufgelegt. Wer zum Teufel sich hier versteckt hat, soll sich zeigen. Los, kommen Sie aus Ihrem Versteck!«

»Wir sind hier!«, rief eine hohe Stimme hinter ihm.

»Und hier«, zischelte es aus einer anderen Richtung leise und bedrohlich.

»Hier! Hier! Hier!«, hörte es Dr. Clayman von allen Seiten.

Hastig drehte er sich im Kreise, konnte aber niemanden sehen. Trotzdem waren die Stimmen ohne Zweifel da, und ihre Rufe wurden immer lauter. Da erkannte der Doktor, dass sich die Holzpuppen in den Regalen bewegten. Ungläubig rieb er sich die Augen.

»Was wollt ihr von mir?«, brüllte er und wich beunruhigt zurück.

»Wir wollen uns an dir rächen, für das, was du uns angetan hast«, rief eine der Puppen.

Es war die Stimme, die zu Beginn gesprochen hatte. Dr. Clayman sah sich hastig um und entdeckte den Sprecher, eine ca. einen halben Meter große Puppe in der schwarzen Robe eines Richters. Dr. Clayman ging mit drohender Gebärde auf ihn zu.

»Geht sofort auf eure Plätze zurück«, befahl er. Seine Stimme zitterte.

»Nein«, antwortete der Richter und kam sogar noch einen weiteren Schritt auf den früheren Arzt zu. Hinter ihm standen die anderen Puppen wie eine Armee und folgten dem Beispiel ihres Führers. Zu allem entschlossen hob Clayman, dessen Gesicht noch eingefallener und bleicher wirkte als sonst, den Hammer und polterte erneut: »Ich habe euch gesagt, ihr sollt an eure Plätze zurückkehren, wo ihr hingehört. Ich habe euch geschaffen, ohne mich wäre jeder von euch nur ein nutzloses Stück Holz. Und ich habe ein Recht darauf, mit euch zu machen, was ich will. Also tut, was ich euch sage.«

Doch anstatt auf Dr. Clayman zu hören, kamen die Puppen wortlos näher. Clayman hob den Hammer und schlug auf den Richter ein. Wie ein Besessener schlug er nach allen Seiten. Immer mehr Puppen, große und kleine, kamen auf ihn zu. Sie ließen sich von ihrem Schöpfer nicht mehr widerstandslos schlagen, sondern wehrten sich. Clayman verlor den Halt, er stolperte, wollte sich an einem Regal festhalten, doch es war zu spät. Er fiel und riss das Regal mit sich um.

Nachdem Dr. Clayman einige Tage nicht mehr gesehen worden war, vermutete eine Verkäuferin, bei der er immer sein Brot gekauft hatte, dass ihm etwas zugestoßen sei. Sie alarmierte die Polizei, die ihn tot im Keller fand. Über ihm lagen ein Regal und hunderte von Puppen. Man nahm an, er habe einen Schwächeanfall gehabt, sich an dem Regal festgehalten, sei mit ihm zusammen gestürzt und vom Regal erschlagen wurden. Keinem fiel jedoch auf, dass viele der Holzpuppen, die am Kellerboden lagen, ein glückliches Lächeln auf den Lippen hatten.

Die Statuen des Ramses

Unter Pharao Ramses II. und seinen Vorgängern auf dem Thron war Ägypten zur Weltmacht aufgestiegen. In seiner Amtszeit, die 66 Jahre währte, entfaltete er eine rege Bautätigkeit. Sein Name sollte Bestand haben, noch lange nach seinem Tod und bis in alle Ewigkeit. Am Tempel von Karnak wurde bereits seit tausend Jahren gebaut. Jeder Herrscher hatte die gewaltige Anlage erneuert oder erweitert. Ramses hatte den Plan gefasst, diesem Tempel ein neues Gesicht zu geben. Er wollte wie seine Vorfahren einen Beitrag leisten, um Karnak noch prachtvoller erscheinen zu lassen, als es ohnehin schon war. Natürlich wollte er das neue Gebäude nicht nur bauen, um die Götter zu ehren. Nein, er wollte sich selbst und seine Taten verewigen. Reliefs sollten seine Kriegserfolge zeigen, die Siege über die syrischen und kleinasiatischen Fürsten. Gekrönt werden sollte der Bau von einigen kolossalen Granitfiguren, die den König selbst darstellten. Auf diese Weise sollte die Nachwelt für immer an seinen Namen erinnert werden.

An der Stelle, an der der neue Tempel entstehen sollte, befand sich ein kleiner Dattelhain. Er stellte ein Stück unberührter Natur dar, wie man sie in der Pharaonenzeit noch häufig antreffen konnte. Unberührt von den Menschen, die in späteren Jahrhunderten immer mehr Bauland benötigten und Stück für Stück in die friedvolle Natur eindrangen, um sie sich untertan zu machen, um sie zu zerstören. In diesem Dattelhain lebten seit hunderten von Jahren unzählige Sperlinge. Sie hatten in den Wipfeln der Bäume ihre Nester gebaut, in denen sie den Großteil ihres Lebens verbrachten. Hier wurden sie geboren, hier wuchsen sie auf, bis sie selbst schließlich eine kleine Familie gründeten und irgendwann starben. Ihr ganzes Leben spielte sich in dem Dattelhain und seiner Umgebung ab. Eine Generation gab die Lehren und Einsichten ihres Lebens an die nächste weiter, die wiederum an die Jüngeren, bis diese alt genug waren, um dasselbe zu tun. Im Laufe der Jahrhunderte hatte sich vieles verändert. Bäume waren abgeholzt und durch Tempel ersetzt worden. In der einst unberührten Wildnis war der Boden kultiviert worden. Heute befanden sich Felder, wo früher Wildnis gewesen war. Menschen kamen und Menschen gingen, wie auch die Sperlinge kamen und gingen. Vieles änderte sich, doch der Dattelhain und seine Bewohner hatten bisher allen Veränderungen standhaft getrotzt. Während rundherum immer neue prächtige Tempel entstanden, war innerhalb des Haines alles beim Alten geblieben.

Umso größer war für die Sperlinge und alle anderen Bewohner des Haines der Schock, als eines Tages viele Männer auftauchten, die in ihren Händen Äxte hielten. Zunächst verhielten sich die Vögel ruhig und beobachteten, was wohl weiter geschehen würde. Sie erwarteten das Schlimmste, und ihre Befürchtungen wurden leider bestätigt. Die Männer kamen im Auftrag des Pharaos und wollten die Bäume des Haines fällen. Der stand nämlich genau an der Stelle, an der Ramses II. den prachtvollen Tempel errichten wollte, der seinen Namen für die Ewigkeit bewahren sollte. Der Fortbestand seines Ruhmes war ihm wichtiger als der Fortbestand des Dattelhaines, der seit Jahrhunderten den Sperlingen ein wunderschöner Lebensraum war. Er hatte nicht einen Gedanken an die Sperlinge verschwendet. Wozu auch? Da der Dattelhain ihm im Weg war, musste er weg. So einfach war das für den König.

Als die ersten Männer mit ihren Äxten weit ausholten und mit all ihrer Kraft gegen die Bäume schlugen, begannen die Vögel aufgeregt zu zwitschern. Es war nicht der schöne Gesang, mit dem sie sonst die Menschen erfreuten, sondern ein angstvolles Kreischen, das durch Mark und Bein ging. Die Arbeiter ließen sich davon nicht abhalten. Ungerührt setzten sie ihre Arbeit fort. Sie handelten im Auftrag, nein auf Befehl des Pharaos. Somit waren sie frei von jeder Verantwortung, denn die trug einzig und allein der Pharao, der unfehlbar war. Es krachte laut, wenn die Äxte tief in die Rinde der Bäume eindrangen. Gleichmäßig hallten die Schläge durch den Hain. Schlag für Schlag, immer tiefer trieben die Arbeiter die Wunden in die Bäume. Bei jedem Schlag flog das Holz links und rechts von den Bäumen in die Luft und fiel zu Boden. Die Vögel spürten die Erschütterungen, gerieten in Panik und verließen ihre Nester, die jahrelang ihr Zuhause waren. Viele mussten mit ansehen, wie die Nester zu Boden fielen und für immer zerstört waren. Das wäre noch zu ertragen gewesen, denn die Vögel konnten sich jederzeit ein neues Heim bauen. Viel schlimmer war, dass sich in vielen Nestern Eier befanden, die beim Sturz zerbrachen. Oder es befanden sich dort Küken, die gerade erst geschlüpft oder nur wenige Tage alt waren. Sie konnten noch nicht fliegen wie ihre älteren Geschwister oder ihre Eltern. Hilflos mussten sie in den Nestern ausharren und sich in das unvermeidliche Schicksal fügen. Niemand konnte ihnen jetzt noch helfen.

Laut krachend fielen die ersten Bäume zu Boden. Wer bisher immer noch auf ein Wunder gehofft hatte und nicht geflüchtet war, musste jetzt einsehen, dass dieses Wunder nicht mehr zu erwarten war. Jedes Hoffen war vergebens, jedes Ausharren im Nest wäre der reinste Selbstmord gewesen. So verließen die Letzten ihre Nester, bis nur noch die Küken oder Verletzte, die nicht mehr fliegen konnten, übrig waren.

Buchstäblich bis zur letzten Sekunde hatte eine Sperlingsdame in ihrem Nest ausgeharrt. Sie brachte es nicht fertig, ihre Küken, die erst zwei Tage alt waren, im Stich zu lassen. Als der Baum dann jedoch zu schwanken und schließlich zu fallen begann, siegte ihr Überlebenswille, ihr Selbsterhaltungstrieb, über alle Mutterliebe. Sie flog davon und musste mit ansehen, wie der Baum fiel, wie das Nest, in dem sie gelebt hatte, durch die Luft geschleudert wurde und wie ihre beiden winzigen Küken aus dem Nest fielen. Die Sperlingsmutter konnte sie noch am Boden liegen sehen, als im nächsten Moment der Baum laut krachend auf ihre geliebten Jungen fiel und sie bedeckte.

Sie wusste, dass beide tot waren, wollte es aber nicht wahrhaben. Sie wollte den kleinen Funken Hoffnung, den sie hatte, unter allen Umständen weiterglimmen lassen. Jetzt, wo die anderen Bäume fielen, die Arbeiter hin- und herliefen und große Unordnung herrschte, war es für sie unmöglich, nach den Jungen zu sehen, ohne selbst in Lebensgefahr zu geraten. In einer dunklen Nische des nahe gelegenen Tempels fand sie ein Versteck, in dem sie in Sicherheit vor den fallenden Bäumen war. Sie wartete in diesem Versteck viele Stunden, bis es langsam dunkel wurde, die Arbeiter ihre Äxte niederlegten und zu ihren Familien zurückkehrten. Sie setzten sich an die Tische und aßen mit ihren Frauen und Kindern zu Abend, ohne sich darüber im Klaren zu sein, wie viel Zerstörung und Leid sie im Auftrag des Pharaos angerichtet hatten. Im Schutze der Dunkelheit wagte sich die Sperlingsdame in den zerstörten Hain, um nach ihren Kindern zu sehen. Sie war nicht die Einzige, die zurückgekehrt war an den Ort des Unglücks. Verzweifelt sah man Vögel und andere Tiere nach ihren Angehörigen suchen, so wie Menschen zum Beispiel nach einem schweren Erdbeben in den Trümmern ihrer Häuser nach Überlebenden oder nach ihren Habseligkeiten suchen.

Es dauerte nicht lange, bis die Sperlingsdame ihr altes Nest fand – wenn man die Reste noch immer ein Nest nennen konnte. Ungefähr zwei Meter von dem Nest entfernt, sah sie ihre beiden Jungen am Boden liegen. Sie waren tot. Ein stechender Schmerz ging durch das Herz der Mutter. Sie hatte alles verloren, was sie hatte. Ganz allein stand sie nun in der Welt, einer feindseligen Welt, in der nichts mehr so war wie noch am Tag zuvor. Noch vor zwei Tagen war sie überglücklich gewesen als ihre beiden Jungen aus den Eiern schlüpften. Zunächst hatte sie beobachtet, wie sich die Eier hin- und herbewegten. Dann hörte sie ein leises Klopfen aus dem Inneren des Eis kommen. Schließlich konnte man einen Riss erkennen. Zunächst noch klein, aber schnell immer größer werdend. Schon sah man den kleinen Vogel, der mühsam versuchte, sich aus dem Ei zu befreien. Und dann kam der große Moment, als die beiden kleinen Vögel die Eierschalen beiseite stoßen konnten und sich zum ersten Male im Licht der Sonne räkelten. Sie waren gesund und vergnügt. Den Göttern sei Dank! Ihre Mutter war überglücklich und wünschte ihnen ein langes schönes Leben. Wie hätte sie ahnen können, dass dieses Leben nur zwei kurze Tage währen sollte, bevor es ein grauenhaftes Ende fand.

Verzweifelt irrte die traurige Mutter tagelang umher. Was blieb ihr jetzt noch auf dieser öden Welt? Hatte ihr Leben überhaupt noch einen Sinn, sollte sie es nicht gleich beenden? Sie wusste nicht, was sie tun sollte, bis sie irgendetwas – sie konnte selbst nicht beschreiben, was es war – wieder an den Ort zurückzog, an dem der Dattelhain gestanden hatte. Die Arbeiter hatten die Bäume längst mit ihren Äxten in kleine Stücke geschlagen und diese an einen anderen Ort gebracht. Die Wurzeln waren ausgegraben und alle Unebenheiten des Bodens beseitigt worden. Mit dem Bau des neuen großen Tempels konnte begonnen werden.

Dies hatte der Vorarbeiter dem großen Ramses II. melden lassen, und dieser ließ es sich nicht nehmen, persönlich an der Baustelle zu erscheinen, um dort nach dem Rechten zu sehen. Er selbst wollte dafür Sorge tragen, dass der Tempel genau so aussehen würde, wie er ihn sich vorstellte. Während er den Bauarbeitern letzte Anweisungen gab, saß die Sperlingsdame nicht weit von ihm entfernt. Das war also der Mann, der ihrem Glück ein Ende bereitet hatte, der ihre Kinder getötet hatte. Hasserfüllt starrte sie den Pharao an. Wenn sie nur die Möglichkeit gehabt hätte, etwas gegen diesen Mann zu unternehmen. Doch sie war nur ein schwacher, kleiner Sperling und ihr Gegner ein kräftiger Mann, der Herrscher über das mächtige Ägypten. Noch lange sah sie dem Pharao nach, der sein Pferd bestiegen hatte und davongeritten war.

Der Gedanke an Ramses ließ die Sperlingsdame nicht mehr los. Sie hatte beschlossen, nicht aufzugeben, sondern weiterzuleben. Zwar wusste sie noch nicht, wofür ihr Leben noch gut sein würde, aber tief in ihrem Inneren sagte ihr eine Stimme, dass sie noch etwas auf dieser Welt zu tun hatte. Sie baute sich ein neues Nest, von dem aus sie die Bauarbeiten beobachten konnte.

Die Zeit verging. Tag für Tag, Woche für Woche, Monat für Monat, Jahr für Jahr. Sie hatte mit ansehen können, wie die Mauern des Tempels immer höher, wie die verschiedensten Reliefs in ihre Wände gemeißelt und wie die großen Statuen ihres Widersachers Ramses II. aufgestellt wurden. Sie hatte noch einmal einen Mann gefunden und zwei jungen Sperlingen das Leben geschenkt. Dies versöhnte sie ein wenig mit der Vergangenheit. Es gab sogar Momente, in denen sie glücklich war. Wenn sie dann jedoch die Statuen von Ramses sah, erwachte der alte Hass in ihr. Viele Stunden dachte sie über den Pharao nach. Warum hatte er den Tempel bauen lassen? Es gab doch schon genug Tempel. Wozu sollte ein weiterer gut sein? Eines Tages fand sie eine Antwort, die ihr wahrscheinlich erschien: Ramses hatte den Tempel aus Eitelkeit erbauen lassen. Er sollte seine Macht, seine Größe bewahren. Eine Generation nach der anderen würde kommen und gehen, aber Ramses' Tempel, seine Statuen, würden sie alle überleben. Sie würden überleben als Zeichen seiner Macht in alle Ewigkeit. Als die Sperlingsdame das erkannte, wusste sie, wie sie sich an dem Pharao rächen konnte.

Der Tag kam, an dem Ramses höchstpersönlich den Tempel einweihte. Der Pharao war in festlichem Ornat gekleidet, sein Hofstaat war zu seinen Ehren aufmarschiert. Es war die perfekte Zurschaustellung seiner Macht. Man konnte Ramses ansehen, wie sehr er seinen Auftritt genoss, wie stolz er auf sein Werk war, das nur eines von vielen Bauwerken in Ägypten war, die er hatte bauen lassen. Als er gerade eine der großen Statuen, die sein Ebenbild waren und ihm sehr gut gefielen, betrachtete, ließ sich die Sperlingsdame auf der Nase des steinernen Ramses nieder. Ärgerlich hatte der Pharao das beobachtet, und er wurde noch wütender, als er sehen musste, wie der freche Vogel mit seinem spitzen Schnabel gegen die Nase der steinernen Figur hackte. Ohne das Hofprotokoll oder den versammelten Hofstaat zu beachten, ging Ramses auf die Statue zu und klatschte laut in die Hände. Wieder und wieder klatschte er, um den Vogel zu verscheuchen, doch der blieb stur sitzen und bearbeitete weiter die steinerne königliche Nase. Ramses wurde so wütend, dass er seinen Dienern befahl, den Vogel, der sein Denkmal zerkratzte, zu erschießen. Der war allerdings geschickt genug, den Pfeilen der Diener auszuweichen. Er kam immer wieder zurück und setzte unbeeindruckt von den regelmäßigen Attacken sein Zerstörungswerk fort. In den ersten Tagen versuchten die Diener noch, den Sperling zu töten oder zumindest zu verjagen, doch nach einer Woche waren sie es leid, sich von dem Vogel austricksen zu lassen. Sie ließen die Sperlingsdame gewähren und kümmerten sich nicht weiter um sie. Der Stein war so hart, dass sie ohnehin nur an ihm kratzen konnte.

Das hatte die Mutter der beiden toten Sperlingskinder auch schon bemerkt. Aber sie baute darauf, dass aus dem Kratzer eines Tages ein Riss werden würde, dass diesem Riss weitere folgen würden, bis schließlich ein Stück des steinernen Gesichts herausbrechen würde, dem dann weitere Stücke folgen würden, bis der steinerne Pharao endgültig zerstört sein würde.

Tag für Tag flog sie in den Karnak-Tempel, setzte sich auf die Statue und hackte mit ihrem spitzen Schnabel gegen den Stein. Oft tat ihr der Schnabel weh, doch das hielt sie nicht davon ab, weiterzumachen. Ihre Erfolge waren zunächst kaum sichtbar, doch nach monatelangem beständigen Hacken zeigte sich ein kleiner, ein winzig kleiner Riss. Manchmal war die Sperlingsdame sehr verzweifelt, weil sie sich darüber im Klaren war, dass sie die Zerstörung der Ramses-Statue nicht mehr erleben würde. Wer würde ihr Werk vollenden, wenn sie einmal nicht mehr da war? Dieser Gedanke quälte sie Tag und Nacht, bis sie all ihren Mut zusammennahm und ihre beiden Söhne ansprach. Ihre Kinder hatten zwar das Treiben ihrer Mutter beobachtet, jedoch keinen Sinn darin erkennen können. Jeder Versuch, ihr den Grund ihres Tuns zu entlocken, scheiterte. Bis sie sich dazu durchrang, selbst ihre Geschichte zu erzählen.

Aufmerksam hatten die beiden Kinder ihrer Mutter zugehört. Als sie ihre Geschichte beendet hatte, herrschte für einen Moment absolute Stille. Die Mutter sah ihre Kinder mit eindringlichen Blicken an. Sie wusste, dass sie nun endlich den entscheidenden Punkt ansprechen konnte. »Ich habe mir geschworen, die Statue des Mannes, der meine Kinder getötet hat, zu zerstören. Er soll nicht bis in alle Ewigkeit dort unbeschadet stehen und über uns triumphieren. Gerne hätte ich das Werk meiner Rache selbst vollendet, aber meine Kräfte haben in den letzten Wochen nachgelassen, und ich spüre, dass mein Tod nicht mehr fern ist. Es wird nicht mehr lange dauern und ich werde diese Welt verlassen müssen, ohne mich an Ramses gerächt zu haben. Wenn ihr wollt, dass ich in Frieden meine Augen schließen kann, dann versprecht mir, dort weiterzumachen, wo ich aufhören muss.«

Die beiden jungen Sperlinge sahen ihre Mutter mit großen Augen an.

»Ihr müsst euch nicht gleich entscheiden«, fügte diese schnell hinzu. »Denkt über alles, was ich euch erzählt habe nach, wägt das Für und Wider ab und teilt mir dann eure Entscheidung mit.« Bereits am nächsten Tag kamen die beiden Söhne zu ihrer Mutter geflogen, die unablässig mit ihrem Schnabel gegen die Nase des steinernen Pharao hackte.

»Wir haben beschlossen, dass nur einer von uns deine Arbeit fortsetzen wird«, verkündete einer ihrer Söhne. »Der andere wird für den Bruder sorgen, damit er immer genug zum Leben haben wird und sich voll und ganz seiner Aufgabe widmen kann.«

Die Mutter war zu Tränen gerührt. Jetzt konnte sie beruhigt ihre Augen schließen und sterben. Und genau dies tat sie auch wenige Tage nach dem Versprechen der jungen Sperlinge. Einer ihrer Söhne machte sich mit größtem Eifer daran, das Gesicht der Ramses-Statue weiter zu zerstören. Tag für Tag, Woche für Woche, Monat für Monat, Jahr für Jahr vergingen, bis der junge Sperling alt geworden war und wie seine Mutter feststellen musste, dass er das Werk der Rache nicht zu einem Ende bringen konnte. Er wandte sich an seinen ältesten Sohn, der von seinem Vater bereitwillig die Aufgabe übernahm. Auch dieser Sohn wurde alt, und an seine Stelle trat sein Sohn, dem wieder ein Sohn folgte. So vergingen viele Jahrhunderte. Längst war Ramses II. tot, längst wussten die Sperlinge nicht mehr, warum sie Tag für Tag versuchten, diese Statue zu zerstören. Sie wussten nur, dass ihre Väter und Großväter schon dasselbe getan hatten und dass auch ihre Kinder und Enkel weiter an dem Zerstörungswerk arbeiten würden.

Wenn man heute den Karnak-Tempel in Luxor betritt, kann man immer noch die Statuen des Ramses besichtigen. Ihre Gesichter sind jedoch im Lauf der Jahrtausende von den Sperlingen zerstört worden. Und man kann immer noch die Sperlinge sehen, die unermüdlich daran arbeiten, ihr Werk zu einem Ende zu bringen. Wie lange werden sie wohl dafür brauchen? Werden weitere Jahrtausende vergehen? Und wenn sie dann tatsächlich ihr Ziel erreicht haben und von den Statuen des großen Pharaos Ramses II. nur noch Sand übrig ist, was wird dann geschehen?

Eine Nacht in der Bibliothek

E s war schon spät am Abend, als ich mich noch einmal auf den Weg zur Unibibliothek machte. Ich schrieb gerade an einer Hausarbeit, für die ich unbedingt noch ein Buch benötigte. Zwar schloss die Bibliothek in einer halben Stunde, doch ich war sicher, dass mir diese Zeit reichen würde, um das Buch zu finden. Tatsächlich brauchte ich nicht lange, bis ich es im Regal stehen sah. Eigentlich wollte ich gleich wieder gehen, aber da entdeckte ich ein weiteres Buch, das mich magisch anzog. Das Buch hatte einen auffälligen goldenen Einband, auf dem einige Zeichen zu erkennen waren, die ich jedoch nicht lesen konnte. Zunächst dachte ich, es wäre Russisch oder Chinesisch, doch als ich näher kam, stellte ich fest, dass es etwas anderes sein musste. Ich weiß nicht mehr, warum ich das Buch aus dem Regal zog und öffnete. Eigentlich hatte ich keine Zeit und außerdem war mir die Schrift auf dem Buchrücken unverständlich, womit mir der Inhalt des Buches verschlossen war. Trotzdem nahm ich es und öffnete es. Auch im Inneren des Buches waren die Seiten mit der merkwürdigen Schrift bedruckt, die ich noch nie zuvor gesehen hatte. Gerade als ich das Buch wieder schließen wollte, begannen sich die Buchstaben auf der Seite zu bewegen. Ungläubig starrte ich auf die Seite und beobachtete, was sich dort abspielte. Die Buchstaben hüpften wild hin und her. Fast sah es so aus, als würden sie zu einer Musik, die ich nicht hören konnte, tanzen. Sie stellten die wildesten Verrenkungen an, änderten ihre Form und ihre Gestalt.

Ich legte das Buch verwirrt auf einen Tisch und setzte mich. Bestimmt waren meine Augen überlastet. In den vergangenen Tagen hatte ich so viel für meine Hausarbeit lesen müssen, dass es mich eigentlich nicht zu wundern brauchte, dass mir meine Augen nun einen Streich spielten. Schon einmal, als ich für die Zwischenprüfung nahezu zwanzig Bücher hintereinander lesen musste, hatten mir meine Augen die Überlastung heimgezahlt. Damals erschienen mir verschwommene Gestalten und Bilder. Doch schon bald nach der Prüfung legte sich das wieder, und ich konnte so gut sehen wie zuvor. Wahrscheinlich hatte ich in den letzten Tagen tatsächlich zu viel gelesen und sollte meine Augen nun schonen. Die umherhüpfenden Buchstaben waren so etwas wie ein Zeichen für mich, es nicht zu übertreiben. Ein Buch hatte ich noch zu lesen, glücklicherweise ein ziemlich dünnes. Dann konnte ich die Augen wieder schonen, bis die nächste Prüfung herannahte.

Ich wollte das seltsame Buch schon wieder schließen und die Bibliothek verlassen, denn sie wurde in zehn Minuten geschlossen, als die wild umherspringenden Buchstaben plötzlich sinnvolle Wörter bildeten. Nun war ich doch neugierig geworden und wollte wissen, was das für ein Buch war. Der Text auf der ersten Seite war geheimnisvoll. Er verriet nicht im Geringsten, was der Inhalt des Buches war, sondern forderte mich, den Leser, auf, mich entführen zu lassen in eine geheimnisvolle Welt, die, wenn ich sie einmal betreten hatte, mein Leben verändern würde. Ich hielt dies für eine reißerische Werbung des Verlags und hätte das Buch endgültig beiseite gelegt, wenn da nicht in goldenen Lettern mein Name gestanden hätte. Verwundert las ich den Text ein zweites Mal. Es bestand kein Zweifel, das Buch sprach mich direkt an. Es wollte, dass ich weiterblätterte, es wollte mich in diese merkwürdige Welt entführen. Zwar war mir klar, dass meine Sinne mir einen Streich spielen mussten, denn wie sonst sollten die Buchstaben vor meinen Augen tanzen, wie sonst sollte mein Name in dieses Buch kommen? Ich musste mir das alles einbilden, doch war ich inzwischen so neugierig geworden, dass ich die Seite umblätterte, um dem Geheimnis dieses Buches auf die Spur zu kommen.

Zunächst war ich sehr enttäuscht. Auf der nächsten Seite befand sich nur ein großer schwarzer Rahmen, in dem und um den herum alles weiß war. Offen gestanden hätte ich nach der großspurigen Ankündigung auf der ersten Seite mehr erwartet. Das ganze Buch war also doch nur ein Bluff. Hatte ich ernsthaft etwas anderes glauben können? In diesem Regal standen nur wissenschaftliche Bücher, die irgendwelche Professoren zu den abwegigsten Themen verfasst hatten. Meist war der Tonfall derart wissenschaftlich, dass man entweder nichts verstand oder sich zu Tode langweilte. Die Herren Autoren waren sicherlich sehr gebildet und Experten auf ihrem Gebiet, ob es sich dabei nun um Alkoholismus in den Kinderbüchern von Selma Lagerlöf oder um die Bedeutung des Namens Gregor Samsa in Franz Kafkas »Verwandlung« handelte. Einerseits stellte sich mir bei diesen Themen oft die Frage, was eine Beschäftigung mit ihnen bringen sollte, ob diese oft weither geholten Interpretationen halfen, das Werk eines großen Autors besser zu verstehen, oder ob sie viel eher Verwirrung stifteten. Andererseits regte ich mich immer furchtbar auf, wenn diese wissenschaftlichen Arbeiten so staubtrocken und langweilig geschrieben waren, dass dem Leser bereits nach zehn Seiten vor Müdigkeit die Augen zufielen. Mussten wissenschaftliche Arbeiten immer gleichzeitig langweilig sein? Es gab auch Beispiele für spannende Aufsätze oder Interpretationen, aber sie waren die Ausnahme. Scheinbar fiel es den meisten Autoren schwer, ihre komplizierten Gedankengänge für eine breite Leserschaft interessant und spannend zu bearbeiten. Aber diese Damen und Herren schrieben ohnehin nicht für die breite Leserschaft, sondern für ihre Kollegen und für arme Studenten, die die schwer verdaulichen Werke sicherlich nicht freiwillig lasen, sondern es für Hausarbeiten oder Prüfungen mussten. Hatte ich also in dieser Gesellschaft ernsthaft ein Buch erwarten können, das mich in eine geheimnisvolle, mein Leben verändernde Welt entführen würde?

Doch dann begann es in dem schwarzen Rahmen zunächst noch fast unmerklich zu flimmern. Das Flimmern wurde immer stärker. Funken in allen erdenklichen Farben sprühten aus dem Buch, so dass ich vor Schreck ein Stück zurückwich. Qualm kam aus dem Rahmen. Ich befürchtete schon, dass es anfangen würde zu brennen und jeden Moment der Feueralarm ausgelöst werden würde. So plötzlich wie die Funken und der Qualm aufgetreten waren, so schnell waren sie auch wieder verschwunden. Neugierig und zugleich vorsichtig, näherte ich mich dem geheimnisvollen Buch. In dem eben noch schwarzen Rahmen war nun ein Bild zu sehen. Nein, es waren mehrere Bilder, die aneinander gereiht wurden, immer schneller, bis ein Film in dem Buch ablief. Ich sah einen Wald, der mir sofort bekannt vorkam. Es war der Wald, in dem ich als Kind mit meinen Eltern und Großeltern oft spazieren gegangen war, der Wald, in dem ich später mit meinen Freunden gespielt hatte. Dort drüben, nur wenige Schritte entfernt, hatten wir ein kleines Baumhaus gebaut, in dem wir viele Nachmittage gemeinsam verbracht und uns dort die unglaublichsten Geschichten erzählt hatten. Weiter im Hintergrund konnte ich verschwommen zwei Gestalten erkennen. Es waren eine alte Frau und ein kleines Kind. Sie kamen immer näher, bis ich erkannte, um wen es sich handelte. Die alte Frau war meine Großmutter. Schon von weitem sah ich ihr schönes schneeweißes Haar in der Sonne leuchten. Und das kleine Kind mit den strohblonden Haaren, das war ich.

Plötzlich konnte ich mich an alles erinnern. Es war an einem schönen Tag im Herbst, als Oma und ich zusammen Pilze suchen gingen. Oma schimpfte mich immer, weil ich die Pilze mit der Wurzel herausriss, anstatt sie mit dem Messer abzuschneiden. Mir war das zu umständlich. Wenn sie hersah, dann benutzte ich das Messer, aber sobald sie mich nicht mehr kontrollierte, riss ich die Pilze wieder aus der Erde. Das ging schließlich viel schneller, und ungeduldig war ich schon als Kind. Ich glaube, Oma hat gemerkt, dass ich mich nicht an ihre Anweisungen hielt, aber sie gab es schließlich auf, mich zu schimpfen. Als wir nach Hause kamen, hatten wir zwei Körbe voller Pilze gesammelt. Eine reiche Ausbeute, die Oma später als Zutaten für köstliche Gerichte benutzte. Beim Gedanken daran hatte ich den herrlichen Geruch in der Nase, der im ganzen Haus in der Luft lag. Wie lange mochte das wohl schon her sein? Bestimmt 15 Jahre oder noch länger. Auf jeden Fall war es vor dem großen Reaktorunglück, denn danach sind wir nie wieder Pilze sammeln gegangen. Und doch kam es mir so vor, als wäre es erst gestern gewesen. Ich blätterte weiter in diesem wundervollen Buch. Seite für Seite ließ meine Erinnerungen lebendig werden. Ich sah mich als Baby, als Kind, als Jugendlichen und so, wie ich in der Gegenwart war. Die wichtigen und weniger wichtigen Momente meines Lebens, freudige und traurige Ereignisse entstanden erneut vor meinen Augen. Es war ein seltsames Gefühl, das eigene Leben noch einmal in bewegten Bildern an sich vorüberziehen zu sehen.

Jäh wurde ich aus meinen Erinnerungen gerissen. Das Licht war ausgegangen, und diese Tatsache brachte mir schlagartig zurück ins Bewusstsein, wo ich eigentlich war und was ich hier machte. Schnell klappte ich das Buch zu, das zunächst noch einen eigenartigen Glanz verbreitete, der langsam verlosch. Ich rannte zur Tür, um zu meinem Entsetzen feststellen zu müssen, dass sie abgeschlossen war. Das war kein Wunder, denn ein Blick auf meine Uhr zeigte mir, dass es nach neun Uhr war. Bereits vor einer Stunde hatte die Bibliothek geschlossen, und inzwischen war allem Anschein nach der letzte Mitarbeiter gegangen. Zwar klopfte ich an die Tür und rief laut, dass ich eingeschlossen sei, doch alles Klopfen und Rufen hatte keinen Sinn – ich saß in der Bibliothek fest, und es bestand keine Hoffnung, dass vor dem nächsten Morgen jemand kommen würde, um mich zu befreien. Das bedeutete, dass ich mich auf eine Nacht in der Universitätsbibliothek einstellen musste. Kein besonders angenehmer Gedanke, in dem stickigen, schmucklosen Gebäude eingesperrt zu sein. Schon bei Tag blieb ich in dem unfreundlichen, fast schon beängstigenden Gebäude nur so lange wie unbedingt nötig. Nie hatte ich verstehen können, wie sich viele Studenten freiwillig in das Dämmerlicht der Neonröhren setzen konnten, um zu lernen. Schon nach einer halben Stunde wäre ich entweder eingeschlafen oder hätte die Geduld verloren. Bei den vielen Studenten, die ständig hin- und herliefen war es meiner Meinung nach unmöglich, sich zu konzentrieren. Mir war es viel lieber, die Bücher, die ich benötigte, auszuleihen oder mir ein paar Seiten zu kopieren, um sie zu Hause zu lesen. Da konnte ich mich im Sommer ins Freie setzten, Pausen machen, wann immer ich wollte und mich auf jeden Fall besser konzentrieren.

Und jetzt saß ich in dem Gebäude fest. Ich versuchte das Licht anzumachen, um wenigstens etwas lesen zu können. Immerhin waren mehr als genug Bücher da. Aber das Licht ließ sich nicht anknipsen. Hatten die etwa den Strom abgestellt, als sie die Bibliothek abgeschlossen hatten? Das konnte doch nicht sein? So etwas Unsinniges würde man selbst an der Uni nicht machen, obwohl ich einiges gewohnt war. Was auch immer der Grund war, das Resultat war eindeutig – das Licht ging nicht.

Ärgerlich schlenderte ich durch die Gänge, links und rechts Regale neben mir, die bis an die Decke reichten. Immer noch hielt ich das verzauberte Buch in der Hand, das mich in meine Vergangenheit entführt hatte und in dem ich weiterblättern wollte. Ich suchte nur einen Platz, an dem es heller war, um meine Augen etwas zu schonen. Als ich durch die dunklen Gänge ging, konnte ich plötzlich einen Lichtschein sehen, dem ich mich näherte. Er kam von einer Straßenlaterne, die direkt vor einem Fenster stand. Ich setzte mich auf die Fensterbank, um zu lesen. Vielleicht hatte ich auch Glück und jemand, der zufällig vorbeikam, würde mich sehen. Daran glaubte ich allerdings nicht, denn wer sollte schon um diese Zeit hier herumlaufen?

Aufgeregt schlug ich das Buch auf. Ich war sehr gespannt, was mich als Nächstes erwarten würde, welche zum Teil vergessenen Szenen aus meinem bisherigen Leben vor mir auferstehen würden. Die Enttäuschung war groß, als von dem Buch kein magischer Glanz mehr ausging, als die Buchstaben vor meinen Augen nicht zu tanzen begannen und auch kein Rahmen zu sehen war, in dem die verschiedensten Bilder erschienen. Seite für Seite blätterte ich um. Auf ihnen war nichts zu sehen. Keine Buchstaben, keine Bilder. Nur leere weiße Blätter. Verwirrt legte ich das Buch beiseite. Die Erlebnisse dieses Abends begannen mir unheimlich zu werden. Waren meine Nerven überlastet, dass ich Trugbilder vor mir sah? War ich auf dem besten Weg, verrückt zu werden? Wie sonst ließen sich die merkwürdigen Vorgänge erklären.

Misstrauisch betrachtete ich das Buch, das nun auf dem Fensterbrett lag. Ich erwartete, dass jeden Moment erneut etwas Übernatürliches geschehen würde. Doch es tat sich nichts. Vom Warten und von der stickigen Luft in der Bibliothek war ich müde geworden. Ich beschloss, das Buch zurück ins Regal zu stellen und mir dann einen Platz zum Schlafen zu suchen, der einigermaßen bequem war. Am besten in der Nähe der Heizung, die zwar deutlich zurückgedreht war, aber noch ein wenig Wärme abgab. Erneut ging ich durch die hohen Regalwände und suchte die Stelle, an der das Buch gestanden hatte. Es war gar nicht so leicht, sie wiederzufinden, doch es gelang mir nach einigem Suchen. Bis zuletzt hatte ich vermutet, dass mit dem Buch noch etwas Seltsames geschehen würde, doch es tat sich nichts. Jetzt stand es wieder an seinem Platz in dem Regal und sah aus wie die unzähligen anderen neben, über und unter ihm. Es war nichts Auffälliges, nichts Besonderes mehr an ihm. Ein Buch wie jedes andere. Wahrscheinlich war an dem Buch auch nie etwas Besonderes gewesen, und ich hatte mir alles eingebildet. Wie schade, dachte ich und ging in Richtung Heizung.

Die Zeit war schnell vergangen, und ich fühlte mich müde. Da ich keinen besseren Platz gefunden hatte als den Fußboden vor der Heizung, legte ich mich dort hin. Bequem konnte man diese Schlafstätte nicht gerade nennen. Zu allem Überfluss gab die Heizung regelmäßige klopfende Geräusche von sich, die mich fast in den Wahnsinn trieben. Mit der Zeit fing ich an, im Rhythmus der Klopfgeräusche mitzusprechen: »Klopf, klopf, klopf … klopf, klopf, klopf …«

Anfangs hatten mich die Geräusche nervös und unruhig gemacht, doch schließlich gewöhnte ich mich daran. Ja, durch die regelmäßige Wiederkehr begannen sie mich zu beruhigen. Sie hatten dasselbe Resultat, das »Schäfchenzählen« angeblich hat. Sie begannen mich langsam aber sicher in den Schlaf zu wiegen – oder besser: zu klopfen.

Durch einen lauten Schlag wurde ich mitten in der Nacht geweckt. Die Bibliothek war immer noch in den schwachen Schein der Straßenlaternen getaucht, der für eine geheimnisvolle Atmosphäre sorgte und eine Stimmung hervorrief, in der alles geschehen konnte. Woher war das laute Geräusch gekommen? Es war nicht die Heizung, die nach wie vor regelmäßig und leise vor sich hinklopfte und kein bisschen wärmer geworden war. Im Gegenteil, es fröstelte mich sogar noch mehr als zuvor.

Da ich nun schon einmal wach war, beschloss ich dem Grund für mein plötzliches Aufwachen nachzugehen. Einerseits war ich neugierig, andererseits hoffte ich, dass es mir durch ein bisschen Bewegung etwas wärmer werden würde. Ich horchte angestrengt in die Stille. Längst war das Geräusch verklungen. Ohne eine

Ahnung zu haben, woher es gekommen war, ob es nicht doch ein Traum gewesen war, ging ich planlos in eine Richtung. Als ich in die Nähe des Eingangsbereichs kam, hatte ich gute Lust, einen Computer anzuschalten und ein wenig an ihm herumzuspielen. Doch dazu kam es nicht, denn ich sah ein dickes Buch auf dem Boden liegen. Es musste aus dem Regal gefallen sein und das Geräusch verursacht haben, das mich aufgeweckt hatte. Ein wenig irritierte mich das heruntergefallene Buch schon, denn es konnte nicht von alleine aus dem Regal gestürzt sein. Andererseits wunderte mich in dieser Nacht nichts mehr. Ich war auf alles gefasst. Was sich dann allerdings ereignete, als ich das Buch zurück an seinen Platz stellen wollte, sprengte die Grenzen meiner Vorstellungskraft. Ich bückte mich, um das dicke Buch aufzuheben. Dabei erkannte ich, dass es sich genau um das Buch handelte, in dem ich geblättert hatte, bevor ich in die Bibliothek eingeschlossen wurde. Seltsam daran war, dass ich mir sicher war, dass ich es auf keinen Fall in dieses Regal gestellt hatte, sondern an einen Platz am entgegengesetzten Ende der Bibliothek.

»Was machen Sie hier?«, schrie mich plötzlich eine dünne brüchige Stimme an.

Erschrocken drehte ich mich um, konnte aber niemanden sehen.

»Hier bin ich«, ertönte die Stimme ein zweites Mal. Ich sah in die andere Richtung des Gangs, doch auch dort war niemand zu sehen.

»Nun stellen Sie sich nicht gar so dumm an. Ich bin hier, im Regal«, fuhr mich die Stimme gereizt an.

Tatsächlich konnte ich jetzt einen kleinen alten Mann zwischen den Büchern in einem der Regale sitzen sehen. Vorsichtig ging ich näher. Was um alles in der Welt machte dieser Mann mitten in der Nacht in einem Bücherregal? Als ich näher kam, erkannte ich, dass der Mann so etwa um die sechzig Jahre alt sein musste. Er trug eine dicke, altmodische Hornbrille mit einem schwarzen Rahmen, die seine Augen riesengroß erscheinen ließ. Gekleidet war er mit einem engen, dunkelblauen Anzug, den er vielleicht schon bei seiner Firmung getragen hatte. Zumindest sah er so alt und abgenutzt aus. Eine knallrote Fliege stellte einen Kontrast zu dem Anzug dar. Sie war so rot, dass man im ersten Moment richtig erschrak und es einige Zeit dauerte, bis man sich an sie gewöhnt hatte.

»Nun kommen Sie schon näher«, rief mir der Mann zu und fuhr sich nervös mit der Hand durch seine struppigen grauen Haare. Er hätte einen neuen Haarschnitt dringend nötig gehabt. Bevor er erneut Gelegenheit gehabt hätte, mich anzubrüllen, ging ich vorsichtshalber nah an ihn heran. Mit seinen riesigen Augen hinter den Brillengläsern musterte er mich sorgfältig von oben bis unten.

»Ich wiederhole mich nicht gern, aber da Sie mir keine Antwort geben, muss ich sie noch einmal fragen, was Sie hier machen«, brummte er, nun schon ein wenig ruhiger.

Ich erzählte ihm die ganze Geschichte, wie ich auf das merkwürdig leuchtende Buch gestoßen war, das mir Szenen aus meiner Lebensgeschichte zeigte, und wie ich schließlich eingeschlossen wurde. Aufmerksam verfolgte er jedes Wort, das ich sagte. Nur seine Augen bewegten sich, sonst saß er wie versteinert in dem Regal. Als ich am Ende meiner Erklärung war, nahm ich meinen Mut zusammen und fragte ihn, wer er sei und was er hier mache? Vorsichtshalber trat ich einen Schritt zurück, weil ich erwartete, dass der cholerische kleine Mann mit seiner dünnen brüchigen Stimme gleich wieder einen schrillen Schrei von sich geben würde. Wider Erwarten reagierte er jedoch ruhig und freundlich.

»Mein Name ist Walter Herbert.«

Bei diesen Worten streckte er mir eine Hand entgegen. Ich ergriff sie und antwortete: »Ich freue mich, Sie an diesem Ort zu so einer ungewöhnlichen Zeit kennen zu lernen, Herr Herbert.«

»Walter«, unterbrach er mich, und ich hörte erneut den gereizten Unterton.

»Bitte?«, fragte ich, denn ich hatte seinen Einwand nicht ganz verstanden.

»Ich heiße Herbert Walter«, antwortete er.

»Aber gerade sagten Sie doch, Sie heißen Walter Herbert«, erwiderte ich verwirrt.

»Nein, nein. Sie verstehen aber auch alles falsch«, seufzte er genervt.

»Die Menschen hören einem heute einfach nicht mehr richtig zu. Alles muss man zehnmal erklären. Es ist zum Verzweifeln. Also ich heiße Walter. Herbert Walter. Walter ist mein Nachname und Herbert mein Vorname. Haben Sie jetzt verstanden?«

»Ja, entschuldigen sie, Herr Herbert … äh Walter.« Das Namensspiel hatte mich verwirrt. Es war schon spät, und ich war zu solchen Albernheiten nicht aufgelegt. Am liebsten hätte ich mich wieder hingelegt, doch ich ahnte, dass ich keine Ruhe mehr finden würde, nachdem dieser seltsame Herr Walter, Herbert Walter, aufgetaucht war. Außerdem wusste ich immer noch nicht, warum er zwischen den Büchern in dem Regal saß. Deshalb fragte ich ihn: »Nun wissen Sie, warum ich hier bin, aber ich habe keine Ahnung, was Sie hier machen. Wurden Sie etwa auch eingeschlossen?«

»Eingeschlossen!«, prustete der kleine Mann heraus und lachte so sehr, dass er sich verschluckte und das Lachen in einen heftigen Hustenanfall überging. Es dauerte einige Zeit, bis er sich von dem Anfall, der ihm Tränen in die Augen getrieben hatte, wieder erholt hatte und reden konnte. »Eingeschlossen, wenn es nur das wäre. Dann müsste ich eine Nacht hier bleiben und könnte am nächsten Morgen wieder gehen. Hinaus in die frische Luft, in den Sonnenschein. Selbst im Regen spazieren gehen wäre mir recht, wenn ich nur die Bibliothek verlassen könnte.«

Herbert Walter seufzte unendlich traurig und schüttelte immer wieder den Kopf, als wolle er einen Gedanken, der ihn plagte, herausschütteln.

Ich wartete, bis seine erste Erregung wieder abgeklungen war, bevor ich eine weitere Frage stellte. Der kleine Mann hatte meine Neugier geweckt. Ich musste wissen, was es mit ihm auf sich hatte, welche Geschichte er zu erzählen hatte. Und ich war sicher, dass er mir alles erzählen würde, wenn ich nur hartnäckig war.

»Aber warum können Sie die Bibliothek nicht verlassen? Niemand hindert Sie daran, wenn Sie das wollen. Gehen Sie einfach morgen früh um acht Uhr, wenn sich die Türen wieder öffnen, mit mir nach draußen.«

Der kleine Herr Walter, der unverändert im Regal zwischen den Büchern saß, sah mich lange mit seinen großen Augen hinter der Hornbrille an. Er schien zu überlegen, wie er auf die Frage reagieren sollte, ob er mich anherrschen und das Gespräch beenden oder ob er mir seine Geschichte erzählen sollte.

»Ich kann die Bibliothek nicht verlassen, seit 35 Jahren kann ich sie nicht verlassen, und ich werde nie mehr einen Fuß auf die Erde vor diesem Gebäude setzen können«, murmelte er. Diesmal fragte ich nicht nach, sondern hielt es für besser zu schweigen. Es vergingen Minuten, bis sich Herr Walter einen Ruck gab und nun mit erstaunlich fester Stimme weitersprach: »Auch ich war einmal Student wie Sie. Es ist schon viele Jahre her, um genau zu sein 35 Jahre. Anfangs hatte mir mein Studium nicht den geringsten Spaß gemacht. Mir erschien es sinnlos, so viele Dinge lernen zu müssen, die ich später in meinem Beruf nicht gebrauchen konnte. Ich bemühte mich, so schnell wie möglich meine Scheine zu machen, um das Studium bald zu beenden. Mir schien es so, als würden die Semester nie ein Ende nehmen. Doch dies änderte sich schlagartig, als mich meine damalige Freundin verließ. Ich stürzte mich in die Arbeit, um zu vergessen, und – Sie werden es kaum glauben – ich begann Gefallen an den großen Klassikern der Philosophie zu finden. Ich las sie alle, von Platon, Sokrates und den anderen Griechen über Augustinus, Thomas von Aquin, Machiavelli, Hobbes, Locke bis hin zu Nietzsche, Dilthey und Gadamer. Ich war so fasziniert von den tiefsinnigen Gedanken dieser Philosophen über das Leben, dass ich darüber das richtige Leben völlig vergaß. Je mehr ich mich in die philosophischen Sätze vertiefte, desto weiter entfernte sich die Realität. Bis ich schließlich mit Entsetzen feststellen musste, dass sich mein Studium dem Ende in rasanter Geschwindigkeit näherte. Und wenn es zu Ende war, was würde mich dann erwarten? Ein Referendariat, das zweite Staatsexamen und 35 oder vierzig schreckliche Jahre als Lehrer, in denen ich mich um die schlecht erzogenen Kinder anderer Leute kümmern musste. In denen ich versuchen sollte, diesen gelangweilten und desinteressierten Kindern etwas von Goethe, Schiller, Fontane und anderen Klassikern zu erzählen. Dinge, die sie vielleicht bis zur nächsten Klausur behalten, dann aber sofort in den Papierkorb ihres Gehirns werfen und für immer vergessen würden. Was für ein trauriges, langweiliges Leben wartete auf mich! Und was könnte ich mit diesem Leben anfangen, wenn ich weiter studieren würde, wenn ich promovieren, habilitieren würde, um mich mein Leben lang weiter mit Philosophie beschäftigen zu können. Das war mein großer Traum, an den ich Tag und Nacht dachte, der aber in unerreichbarer Ferne schien. Meine Eltern hätten mir den Traum nicht finanziert, und ich selbst hätte mir mit Nebenjobs niemals ein Studium leisten können. Außerdem hatte mich die Beschäftigung mit der Philosophie für das Leben längst untauglich gemacht. Während ich über die großen Seinsfragen der Menschheit nachdachte, fiel es mir schon schwer, die alltäglichsten Dinge zu erledigen. Freunde hatte ich keine mehr, was nicht sehr verwunderlich war. Wer wollte sich schon von morgens bis abends Vorträge über Wilhelm Diltheys Hermeneutik oder ähnliche Dinge anhören? Solange ich konnte, dehnte ich mein Studium aus, bis die Abschlussprüfungen unweigerlich bevorstanden. Und danach, was sollte ich danach nur tun?«

Herr Walter unterbrach seine Erzählung. Er schien alles wieder so zu erleben wie vor 35 Jahren. Verzweiflung klang in seiner Stimme. Verzweiflung und eine unendliche Einsamkeit. Ich wagte es nicht, die Stille zu unterbrechen und zu fragen, wie die Geschichte weiterging. Herr Walter starrte auf die Regalwand, die sich ihm gegenüber befand und begann wieder zu erzählen: »Sie wollen nun sicher wissen, wie ich hierher komme und warum ich darüber unglücklich bin, obwohl ich mir doch nichts anderes sehnlicher gewünscht hatte, als ein Leben, das ganz den Studien der großen Philosophen gewidmet sein sollte. Heute weiß ich, dass man dies kein Leben nennen kann. Mein Wunsch hat sich erfüllt, und er hat sich in einen grausamen Fluch gewandelt. Aber kehren wir zurück an jenen Tag vor 35 Jahren, an dem ich die Ergebnisse meiner Prüfungen bekam. Ich hatte alle bestanden, sogar mit ausgezeichneten Noten. Eigentlich war das ein Grund zur Freude. Doch für mich war dieser Tag das Ende einer glücklichen Zeit, der Beginn eines Berufslebens, auf das ich mich keineswegs freute, sondern vor dem ich mich fürchtete. Heute sehe ich das anders. Was hätte ich alles aus meinem Leben machen können, wenn mich die Philosophie nicht in ihre

Fänge gebracht hätte! Aber ich schweife schon wieder ab. Ich war völlig in Gedanken versunken, als ich mit dem Auto nach Hause fahren wollte und hatte nicht gemerkt, dass die Ampel auf Rot umgeschaltet hatte. Das Letzte, woran ich mich erinnern kann, ist, dass ich gegen einen Lkw fuhr. Als ich wieder erwachte, war es Nacht, und ich befand mich hier in der Bibliothek. Zwar konnte ich mir nicht erklären, wie ich hierher gekommen war, aber das war mir in diesem Moment auch egal. Ein Wunsch ging für mich in Erfüllung. Eine Nacht in einer Bibliothek, wie herrlich! Nur wurden aus dieser einen Nacht 35 Jahre, und das war alles andere als herrlich.«

Bis zu dem Autounfall konnte ich Herrn Walter folgen, doch dann schien die Geschichte unglaubwürdig zu werden. Neugierig wie ich war, wollte ich auch das letzte Geheimnis dieses unscheinbaren älteren Mannes lüften.

»Aber wie sind Sie denn in die Bibliothek gekommen, und warum können Sie das Gebäude nicht verlassen? Ich verstehe das nicht.«

»Ich verstehe es seit 35 Jahren nicht«, schrie der kleine Herr Walter und warf ein Buch, das er in der Hand gehalten hatte, gegen ein Regal, so dass weitere Bücher zu Boden fielen. »Wenn ich es nur verstehen würde. Es muss ein Fluch sein, ein fürchterlicher Fluch. Ich weiß nur, dass ich hier bin und nicht gehen kann. Das ist alles. Und nun lassen Sie mich endlich in Ruhe.«

Der kleine Mann war so aufgeregt, dass es keinen Sinn machte weiter in ihn zu dringen oder zu versuchen, ihn irgendwie zu beruhigen. Es war wohl am besten, auf ihn zu hören und ihn in Ruhe zu lassen.

Völlig unerwartet rief er mir noch einmal etwas nach: »Vor langer Zeit hat mir einmal jemand höhnisch gesagt: »Menschen, die ihr Wissen nur aus Büchern haben, kann man getrost ins Regal stellen.« Und da bin ich heute angekommen. Deshalb hören Sie auf meinen Rat: Leben Sie, leben Sie! Nutzen Sie jeden Tag. Sie haben nur dieses eine Leben. Machen Sie etwas daraus und verstecken Sie sich nicht vor der Realität, wenn Sie nicht so enden wollen wie ich.«

Die ersten Sonnenstrahlen fielen durch das Fenster. Die Nacht war vorbei. Noch einmal drehte ich mich zu Herrn Walter um, dessen Worte mich ergriffen hatten. Ich sah ihn in dem Regal sitzen und nicht nur ihn. Alle Reihen waren gefüllt mit Menschen. Einer saß neben dem anderen. Doch schon im nächsten Moment löste sich der Spuk auf, und wo ich gerade noch Menschen gesehen hatte, standen wieder Bücher. Auch Herr Walter war verschwunden. Nur die Bücher, die vorhin aus dem Regal gefallen waren, lagen noch auf dem Boden. Ich hob sie auf und stellte sie zurück.

Während ich darauf wartete, dass die Bibliothek endlich wieder öffnete, dachte ich über diese merkwürdige Nacht nach. »Menschen, die ihr Wissen nur aus Büchern haben, kann man getrost ins Regal stellen.« Diese Warnung nahm ich mir zu Herzen. Bücher konnten zwar das Leben abbilden, aber sie waren nicht das Leben selbst. Die knapp bemessene Zeit unseres Lebens war viel zu kostbar, um sie zu verschenken oder zu vergeuden.

Als endlich die Türen geöffnet wurden, schlich ich mich nach draußen. Ich wollte nicht gesehen werden, denn ich war nicht in der Stimmung, irgendwelche Fragen zu beantworten. Von den Geschehnissen der Nacht erzählte ich niemandem. Doch wann immer ich die Bibliothek betrat, sah ich mich um, ob ich nicht irgendwo Herrn Walter sehen würde. Ich sah ihn nie wieder, doch seinen Rat sollte ich nicht vergessen.

Der verliebte Mond

Als Kind beschäftigte mich oft die Frage, warum der Mond erst ab-, und dann wieder zunimmt. Ein Freund behauptete, die Antwort zu kennen. Er erklärte mir, dass der Mond aus Käse bestehe. Man müsse nur durch ein Fernglas sehen, um auf seiner gelben Oberfläche schwarze Flecken, die mein Freund Löcher nannte, erkennen zu können. Natürlich glaubte er an die Existenz eines Mannes im Mond. Der musste sich schließlich von irgendetwas ernähren. Und wovon ernährte er sich? Richtig! Von Käse. Den hatte er immerhin im Überfluss. Das erklärte zwar, warum der Mond abnahm, aber nicht, wie er wieder zunahm. Mein Freund behauptete, der Käse würde von allein wieder nachwachsen. Das konnte ich ihm jedoch nicht glauben. Ich hatte nämlich, um seine Erklärung zu überprüfen, ein Stück Käse auf einen Teller gelegt, dann davon abgebissen und gewartet. Der Käse wuchs nicht, ganz im Gegenteil. Er schrumpfte zusammen und wurde schimmlig. Die Erklärung meines Freundes konnte also nicht stimmen. Außerdem glaubte ich nicht, dass sich der Mann im Mond nur von Käse ernährte. Man stelle sich das nur vor. Tag für Tag nur Käse auf der Speisekarte. Keinerlei Abwechslung. Das war kein schöner Gedanke.

Lange überlegte ich, bis ich selbst eine Erklärung fand, die mir einleuchtete: Der Mond war in die Sonne verliebt. Das war für mich klar. Die Sonne jedoch wollte nichts von ihm wissen. Ihr gefielen schlanke, sportliche Planeten. Als sie das dem Mond sagte, war er todunglücklich. Es gab für ihn nur eine Möglichkeit, die Aufmerksamkeit seiner Angebeteten zu erringen. Er musste abnehmen. Und genau das nahm er sich fest vor. Er aß nichts mehr. Kein Fleisch, kein Gemüse, kein Obst und erst recht keinen Käse. Die Sonne, die ihn nie viel beachtet hatte, bemerkte nun, dass der Mond schlanker wurde und immer besser aussah. Mehr und mehr fühlte sie sich zu ihm hingezogen.

Der Mond wiederum bemerkte, dass er die Aufmerksamkeit der Sonne erregt hatte. Zwar fiel ihm das Hungern schwer, aber er konnte nicht auf halbem Weg aufgeben. Deshalb strengte er sich weiter an, seine Fastenkur durchzuhalten.

Schließlich war es soweit. Die Sonne hatte sich in den Mond verliebt. Das ungleiche Paar war überglücklich. Sie verbrachten so viel Zeit wie nur irgend möglich miteinander. Jeder, der sie sah, glaubte, diese Liebe würde ewig halten.

Das Glück war jedoch nicht von langer Dauer. Schuld daran war der Mond. Er glaubte, die Sonne nun für alle Zeiten nur für sich zu haben und dachte nicht daran, dass es auch andere Planeten gab, die nicht gerade unattraktiv waren. Der Mond war sich seiner Sache zu sicher. Er dachte, die Sonne würde immer bei ihm bleiben und er müsse sich nicht weiter anstrengen, um die Beziehung zu festigen. So verfiel er erneut seinem alten Laster. Er aß von morgens bis abends. So schnell, wie er abgenommen hatte, nahm er wieder zu. Der Sonne gefiel es gar nicht, wie er sich veränderte. Immer wieder redete sie auf ihn ein, sich doch mit dem Essen ein wenig zurückzuhalten. Ihre Ratschläge blieben unbeachtet. Der Mond aß weiter und fühlte sich gut dabei. Er wurde immer dicker und bemerkte gar nicht, dass ein Rivale nur auf seine Chance gewartet hatte. Herr Mars, ein außerordentlich stattlicher Planet, besuchte die Sonne immer häufiger. Er war das genaue Gegenteil des dicken Mondes, und so war es nur eine Frage der Zeit, bis die Sonne diesen verließ und mit dem Mars ihre Freizeit teilte.

Der Mond war so unglücklich, dass er nichts mehr aß und erneut abnahm. Er nahm ab, nahm wieder zu, nahm ab und wieder zu. So ist es bis zum heutigen Tage geblieben.

Mir erscheint diese Erklärung viel wahrscheinlicher als die Käsegeschichte meines Freundes. Aber vielleicht ist meine Erklärung genauso falsch und es gibt noch eine andere, einfachere. Wer weiß?

Der gefallene Stern

Was für eine herrliche Nacht! Lange hatte der Sommer auf sich warten lassen. Doch nun war er da und zeigte sich von seiner besten Seite. Nachdem es wochenlang geregnet hatte, zog es alle nach draußen. Schüler und Rentner, Bankangestellte und Hausfrauen, Geschäftsleute und ihre Kunden, alle genossen die wärmenden Sonnenstrahlen, die das zuvor oft trostlose Leben mit einem Mal leicht und interessant erscheinen ließen. Jeder wollte Kraft tanken für Tage, die nicht mehr so schön sein würden und hoffentlich noch weit entfernt waren. Die Biergärten waren überfüllt, auf den Flaniermeilen der Städte traten sich die Passanten auf die Füße. Überall lockten Weinfeste, Beachpartys und Open Air-Konzerte. Wo man auch hinsah, an allen Orten pulsierte das Leben.

Auch Alexander Mansold genoss den wunderbaren Abend. Er hatte sich jedoch nicht in die quirlige Bewegung der Nacht gestürzt, sondern sich in die Stille seines Gartens zurückgezogen. Er saß auf der Terrasse und lauschte dem Zirpen der Grillen, dem Zwitschern der Vögel. Mansold sehnte sich nicht nach Gesellschaft. Es tat ihm gut, einfach dasitzen und seinen Gedanken nachhängen zu können. Wie lange war es her, dass er zum letzten Mal in einer lauen Sommernacht allein im Freien gesessen hatte? Er konnte sich nicht mehr daran erinnern. Es musste schon lange her gewesen sein, noch bevor er Michaela kennen gelernt hatte. Michaela, die einige Jahre die Frau an seiner Seite gewesen war und von der er gedacht hatte, sie würde ein Leben lang bei ihm bleiben. Doch sie hatte ihn verlassen, wegen eines anderen Mannes verlassen. Als sie auszog, fühlte er – Erleichterung. Ja, er fühlte keine Trauer, keinen Schmerz, sondern war erleichtert, dass ein Schlusspunkt unter die Beziehung gesetzt worden war. Schon lange war es nicht mehr so wie früher gewesen. Sie hatten sich auseinander gelebt, und das wusste er genauso gut wie sie. Nur hatten beide versucht, diese Tatsache zu verdrängen, bis der andere Mann im Leben von Michaela aufgetaucht war.

Wenn er jetzt an seine »Ex« dachte, dann fiel Alexander Mansold als Erstes ihre Tätowierung ein. Eigentlich merkwürdig. Sie hatten immerhin sechs Jahre zusammengelebt und er dachte als Erstes an die tätowierte Rose auf ihrer linken Schulter. Eine Rose, die ewig blühen sollte, eine Liebe, die ewig bestehen sollte. Ein schöner Traum, aber eben nur ein Traum. Echte Rosen verwelken, und die Liebe zwischen ihnen war langsam gestorben. Nur hatte er es nicht glauben wollen. Später war er vor vollendete Tatsachen gestellt worden. Michaela hatte ihn verlassen. Alexander war allein, ein Single von 36 Jahren. Mit dieser Tatsache musste er sich abfinden, und das fiel ihm nicht leicht. Seit er 17 war, hatte er immer eine Freundin gehabt, und immer war er es gewesen, der eine Beziehung beendet hatte. Seit fast zwanzig Jahren war er nie allein gewesen und jetzt … was sollte er nur tun?

Alexander Mansold trank noch einen Schluck Rotwein, bevor er aufstand, um im Garten hin- und herzugehen. Aus dem offenen Fenster des Nachbarhauses drang Musik an seine Ohren. »When you were sweet sixteen«, hörte er die Stimme von Perry Como, dem großen Entertainer der vierziger Jahre. Leise summte er die Melodie mit, die gut zu seiner melancholischen Stimmung passte. Als er sechzehn war, hätte er nicht im Traum daran gedacht, dass er zwanzig Jahre später allein im Garten seines Hauses stehen würde. Ein erfolgreicher, aber unglücklicher Geschäftsmann, der eine steile Karriere hinter sich hatte, deren Ende nicht abzusehen war, der im Privatleben jedoch gestolpert war und im Moment nicht sicher sein konnte, ob er zu Boden fallen oder sich doch noch fangen würde.

Müde sah er zum Himmel, der von keinem Wölkchen getrübt wurde. Die Sterne erhellten die Nacht, und der alte Teufel Mond beobachtete neugierig Glück und Leid der Menschen, die aus seiner Perspektive wie Ameisen auf dem Planeten Erde herumhasteten. Er wusste nur zu gut, dass die Liebe vor allem in der Nacht blüht, wie manche Kakteen, deren Blüten ihre Schönheit erst in der Dunkelheit entfalteten, als wollten sie sie vor den Augen der Öffentlichkeit schützen. Dem Mond jedoch entging kein Geheimnis. Der alte Voyeur hatte seine Augen überall, und er dachte nicht eine Sekunde daran, sie für einen winzigen Moment von den Erdenbewohnern abzuwenden.

Alexander Mansold war völlig in seine Gedanken versunken, als plötzlich ein Stern vom Himmel fiel. Zuerst dachte er an eine Sternschnuppe, doch dann erkannte er, dass der fallende Stern direkt auf ihn zukam. Näher und näher kam er heran, bis Alexander Mansold ihn mit einer raschen Handbewegung auffangen konnte. Später hätte er nicht mehr erklären können, warum er das getan hatte. In diesem Moment spürte er jedoch den unüberwindlichen Drang, diesen Stern zu fangen. Es war, als würde ihn eine höhere Macht steuern, und er hatte nicht die Kraft, sich dagegen zur Wehr zu setzen.

Ungläubig hielt er den strahlenden kleinen Stern in der Hand und betrachtete ihn von allen Seiten. Wie schön er war, was für ein Glanz von ihm ausging! Alexander Mansold konnte sich an ihm gar nicht satt sehen. Aber was sollte er mit diesem kleinen Himmelsboten anfangen? Noch nie hatte er gehört, dass Sterne so einfach vom Himmel fallen und sich von Menschen auffangen ließen. Was, wenn von ihm eine gefährliche, schädliche Kraft ausging? Aber konnte etwas so Schönes und Zerbrechliches allen Ernstes Böses bewirken? Nein, das konnte Alexander Mansold nicht glauben. Der Stern musste ein Zeichen sein, ein Glücksbringer, der sein Schicksal auf eine andere Bahn bringen sollte. Vorsichtig steckte er den kleinen Stern in seine Tasche und ging ins Haus.

Eine Woche war seit jener geheimnisvollen Nacht vergangen. Alexander Mansold hatte den Stern auf ein kleines Tischchen in seinem Schlafzimmer gestellt. Jeden Abend strahlte er in seinem Glanz. Alexander Mansold setzte sich ihm gegenüber und sah ihn lange an. Schon am zweiten Abend fiel ihm jedoch auf, dass der Stern an Glanz verlor. Je länger er im Haus stand, desto deutlicher schien seine Kraft nachzulassen. Alexander Mansold konnte sich nicht erklären, woran das lag. Gerne hätte er etwas unternommen, um dem Stern seine Kraft zurückzugeben, nur was?

Am Abend saß Alexander Mansold wieder einmal allein in seinem Wohnzimmer und sah fern. Was da auf der Mattscheibe flimmerte, interessierte ihn eigentlich nicht. Aber irgendetwas musste er tun, um die Zeit totzuschlagen, bis er ins Bett gehen und schlafen konnte. Wie sehr sehnte er sich jetzt nach Michaela. Nein, nicht nach Michaela, sondern nach einer Frau, die ihn liebte. Eine Frau, die ihn in die Arme nahm und küsste. Eine Frau, die ... Jäh wurde er aus seinen Gedanken gerissen. War der Fernseher bisher leise gewesen, so drang nun laut ein schwungvolles Lied aus den Lautsprechern: »Papaya mama, pearl of the deep blue sea, tell your papaya you're comin' home with me.«

Er wollte den Ton gerade leiser stellen, als die Klingel ertönte. Es war schon nach 22 Uhr.

»Wer kann das jetzt noch sein?«, fragte sich Alexander Mansold auf dem Weg zur Tür.

Er öffnete sie nur einen Spalt und ließ die Verriegelung vor. Man konnte schließlich nie wissen. Vor ihm stand eine Frau um die dreißig. Ihr blondes Haar hing nass auf ihre Schultern herunter, das Make-up war verschmiert, und sie zitterte am ganzen Körper.

»Ich war mit dem Fahrrad unterwegs, als plötzlich dieses Gewitter kam«, sprudelten die Wörter in rasanter Geschwindigkeit aus ihrem Mund. »Es kam so schnell, ich konnte mich nicht einmal mehr unterstellen. Hätte nie damit gerechnet. Bei dem schönen Wetter, das wir heute hatten. Naja, ich bin dann weitergefahren. Was blieb mir auch anderes übrig. Aber da merkte ich, dass mein Vorderrad immer mehr Luft verlor. Ich trat noch stärker in die Pedale, so lang, bis es nicht mehr ging. Als ob das Gewitter allein nicht schon schlimm genug gewesen wäre. Jetzt stehe ich hier und komme nicht mehr weiter, weil ich meine Luftpumpe schon vor Monaten verloren und keine neue gekauft habe. Deshalb habe ich bei Ihnen geklingelt. Können Sie mir vielleicht Ihre Luftpumpe leihen? Dann pumpe ich meinen Reifen auf und kann nur hoffen, dass die Luft bis nach Hause reicht.«

Herr Mansold hatte inzwischen die Tür ganz geöffnet und wartete auf das Ende des Redeschwalls. Die junge Frau sah ihn mit ihren großen braunen Augen hilflos bittend an. Ihm blieb gar nichts anderes übrig – er musste ihr helfen. Und er tat es gern, denn so hatte er wenigstens für kurze Zeit Gesellschaft an diesem trostlosen Abend.

»Kommen Sie doch erst einmal herein, Sie sind ...«, waren das Einzige, was er sagen konnte, bevor die nächsten Worte auf ihn niederprasselten wie der Regen auf die Straße.

»Das ist aber sehr freundlich von Ihnen. Ich habe schon bei Ihrem Nachbarn geklingelt, aber dieser Idiot hat mir die Tür vor der Nase zugeknallt. Dabei habe ich ihn nur höflich um einen Gefallen gebeten. Kaum zu glauben, was es für Leute gibt.«

»Wo haben Sie denn Ihr Fahrrad hingestellt?«, fragte Alexander Mansold.

»Es steht direkt vor Ihrer Tür«, antwortete die unbekannte Frau mit tiefer geheimnisvoller Stimme, die so gar nicht zu ihrer zierlichen Erscheinung passte.

Es genügte ein Blick auf den kaputten Reifen, um zu erkennen, dass da keine Luftpumpe mehr helfen konnte. Es grenzte an ein Wunder, dass die Frau mit dem kaputten Rad überhaupt so weit gekommen war.

»Sie können hier warten, bis es aufgehört hat zu regnen«, schlug Alexander Mansold der jungen Frau vor. »Ziehen Sie sich erst mal etwas Trockenes an, sonst erkälten Sie sich noch.«

»Ich glaube, es ist schon zu spät«, kicherte sie und musste niesen. Trotzdem nahm sie gerne das blaue Hemd sowie die Hose, die der Hausherr ihr brachte, und verschwand damit im Badezimmer.

Nach wenigen Minuten kam sie aus dem Bad zurück. Natürlich waren ihr Mansolds Sachen viel zu groß, doch sie sah trotzdem bezaubernd in ihnen aus. Irgendwie wirkte sie wie ein kleines, schüchternes Mädchen, das heimlich die Sachen ihres großen Bruders angezogen hatte und nun dabei ertappt worden war. Die langen blonden Haare hingen ihr nass in die Stirn. Abwechselnd mit der linken und der rechten Hand strich sie die Haare nach hinten. Für einen Moment standen sich Mansold und die junge Frau gegenüber ohne ein Wort zu sagen. Es war die Unbekannte, die das Schweigen brach.

»Was für eine blöde Situation. Ich stehe mit nassen Haaren in der Wohnung eines wildfremden Mannes und das noch dazu in dessen Sachen, die mir viel zu groß sind. Und das Komischste daran ist, dass es mir nicht das Geringste ausmacht.«

Beide mussten sie lachen. Damit war eine Brücke über den Graben, der zwei Fremde voneinander trennt, gebaut worden. Es gab einen Weg über den zunächst unüberwindbar scheinenden Graben. Einen Weg, der nun Schritt für Schritt gegangen werden konnte.

»Ich habe Ihnen eine heiße Schokolade gemacht. Sie müssen sich aufwärmen«, sagte Alexander Mansold und führte sie in sein Wohnzimmer.

»Gerne, aber nur, wenn Sie mich jetzt Isabella nennen. Es wäre doch wirklich lächerlich, wenn wir uns weiter siezen«, schlug die junge Frau energisch vor.

Bei einer Tasse heißer Schokolade unterhielten sich die beiden vor kurzem noch völlig Fremden bald über alles Mögliche. Schon lange hatte Alexander Mansold nicht mehr so von Herzen gelacht wie bei diesem Gespräch. Beide sprühten nur so vor Charme und Witz, so dass es kein Wunder war, dass die Zeit wie im Fluge verging. Es war schon weit nach Mitternacht, als sie auf die Uhr sahen.

»Jetzt muss ich aber wirklich gehen. Mein süßer Sugar wartet bestimmt schon sehnsüchtig auf mich«, stellte Isabella fest und stand auf.

Alexander Mansold war enttäuscht. Isabella hatte also einen Freund. Damit hätte er eigentlich rechnen müssen. Eine so hübsche und sympathische junge Frau konnte einfach nicht allein durchs Leben gehen. Musste er nicht seit der Trennung von Michaela feststellen, dass alle interessanten Frauen vergeben waren? Verwunderlich war das nicht. Denn warum sollten Frauen, die ihn faszinierten, anderen Männern nicht auch gefallen?

»Du hast einen Freund?«, fragte er und hätte sich im selben Moment am liebsten den Mund zugehalten. Wie konnte ihm nur diese Frage herausrutschen? Er war sicher, dass er nun alles verdorben hatte, dass sich Isabella nun von ihm verabschieden, zu ihrem Freund nach Hause gehen und er sie nie mehr wiedersehen würde. Und schuld daran waren vier dumme, unüberlegte Worte.

Isabella reagierte allerdings nicht so, wie es Alexander Mansold erwartet hatte. Sie lachte ihr herzliches, ungekünsteltes Lachen, das er in den vergangenen Stunden so oft gehört hatte und das ihm so gut gefiel.

»Nein, da irrst du dich total. Ich habe keinen Freund. Sugar ist meine Katze, die süßeste Katze, die es auf der Welt gibt. Wegen ihr bin ich fortgefahren, um Katzenfutter zu holen. Und jetzt sitzt sie schon seit Stunden zu Hause und wartet auf ihr Abendessen, das jetzt wohl zum Frühstück wird. Die Ärmste! Du siehst, dass ich leider gehen muss, obwohl ich gerne bleiben würde. Es war ein so wundervoller Abend.«

Sugar war eine Katze, kein Freund! Am liebsten wäre Alexander Mansold vor Freude an die Decke gesprungen. Stattdessen machte er Isabella einen Vorschlag: »Wir dürfen Sugar nicht länger hungern lassen. Am besten ist es, wenn ich dich nach Hause fahre. Es regnet immer noch, und dein Fahrrad können wir hier stehen lassen.«

Dann muss sie wiederkommen und es abholen, dachte Alexander, während er seinen Autoschlüssel holte. Da sah er plötzlich den kleinen Stern auf dem Tischchen stehen. Es sah so aus, als würde er wieder stärker leuchten. Langsam ging er zu dem Stern, nahm ihn in die Hand und steckte ihn schließlich in die Jackentasche.

Die Autofahrt dauerte nicht lange. Beide schwiegen, obwohl so viel zu sagen gewesen wäre. Nur das Autoradio unterbrach leise die Stille der Nacht. Gerne wäre Alexander Mansold länger mit Isabella zusammen geblieben, doch der Moment der Trennung rückte unwiederbringlich näher. Als sie an ihrer Wohnung ankamen, hörte es auf zu regnen.

»Ich begleite dich noch zur Tür«, schlug er vor, um den Augenblick des Abschieds noch ein wenig hinauszuzögern. Langsam gingen sie zur Haustür.

»Was ist denn das für ein seltsames Licht?«, rief Isabella plötzlich aufgeregt und zeigte auf Alexander Mansolds Jackentasche. Er nahm den kleinen Stern heraus, der nun heller als je zuvor strahlte. Es war ein herrlicher Anblick. Alexander Mansold erzählte Isabella die Geschichte des Sternes. Gemeinsam sahen sie hinauf zum Himmel, der gerade noch trist und grau gewesen war. Wie durch ein Wunder rissen plötzlich die Wolken auf, und Tausende von Sternen erleuchteten die Nacht. Es war ein wunderschöner Anblick, ein magischer Moment, in dem die Zeit stillzustehen schien. Vorsichtig legte Alexander Mansold seinen Arm um Isabella. Langsam reichte er der jungen Frau den Stern. Sie nahm in behutsam in die Hand, um ihn von allen Seiten ansehen zu können. Es schien den beiden Liebenden, als wären sie allein auf der Welt, als würde der Stern nur für sie leuchten. Zwei Herzen hatten sich gefunden. Alles um sie herum war vergessen. Es gab für sie nur noch Isabella und Alexander, Alexander und Isabella und sonst keinen Menschen mehr auf der Welt.

Das Licht des Sternes wurde immer heller, und plötzlich begann er zu schweben. Weder Isabella noch Alexander versuchten den Stern aufzuhalten. Er stieg langsam in die Höhe. Immer weiter stieg er nach oben, wurde kleiner und kleiner, bis er wieder seinen Platz am Firmament eingenommen hatte. Isabella und Alexander sahen dem Stern lange Zeit nach. Dann sahen sie sich in die Augen, schlossen sich in die Arme und küssten sich.

Aus dem Autoradio drang leise die Stimme Perry Comos durch die hell erleuchtete Stille der Nacht: »Catch a falling star and put it in your pocket. Never let it fade away.«

Der Geburtstag des Dichters

Am Abend des 18. Januar traf ich mich mit Freunden zum Abendessen in einem kleinen Restaurant in Baltimore. Es war mein letzter Abend in der einstmals tristesten Stadt der amerikanischen Ostküste. Heute ist Baltimore alles andere als trist. Obwohl eine Großstadt, hat es den Charme einer kleinen Stadt oder besser gesagt: Die frühere Anziehungskraft war in den letzten Jahrzehnten mit enormem Kostenaufwand wiederhergestellt worden. Der Einsatz hatte sich gelohnt. Vor allem der Harbourplace zog die Touristen in Scharen magisch an und sorgte für volle Kassen.

Ich hatte mich mit meinen Freunden in Fell's Point, dem alten Hafenviertel, verabredet. Sie redeten mit Engelszungen auf mich ein, in dem Restaurant doch einmal einen »blue crab« zu probieren. Lange weigerte ich mich, doch irgendwann gab ich auf, nicht weil ich besonders scharf auf diese blue crabs gewesen wäre, sondern weil ich meine Ruhe haben wollte. Blue crabs, Krebse aus der Chesapeake Bay, die als Ganzes mit Pfeffer gekocht werden, waren eine Spezialität in Baltimore. Sie richtig zu essen war eine Wissenschaft für sich. Bis ich das Fleisch aus den Zangen und dem Körper des Krebses gepult hatte, war mir der Appetit gründlich vergangen. Meine Freunde, die viel Erfahrung beim Essen der blue crabs hatten, kannten bestimmte Techniken, mit denen das Essen dieser Krebse ein Kinderspiel war. Sie dachten jedoch nicht daran, mich in ihre Geheimnisse einzuweihen, so dass ich fast verzweifelte und froh war, als ich endlich fertig war.

Der Abend wurde trotzdem noch lustig. Wir zogen von Kneipe zu Kneipe, bis wir uns – alle schon etwas beschwipst – kurz vor Mitternacht trennten. Ich beschloss zum Hotel zu laufen, da es ganz in der Nähe war. Es war eine eiskalte Nacht. Die Fensterscheiben der Autos waren gefroren und der Boden von einer weißen Reifschicht bedeckt. Ich stellte den Kragen meines Mantels hoch und band den Schal fester um meinen Hals. Vor mir tauchte eine Kirche auf. »Westminster Church« stand auf einem Schild. Im Gespräch mit meinen Freunden waren wir auf Edgar Allan Poe, den großen Schriftsteller, der als Erfinder der Detektivgeschichte gilt, zu sprechen gekommen, und einer meiner Freunde hatte mir gesagt, dass der Dichter auf dem Friedhof vor der Westminster Church seine letzte Ruhe gefunden hatte. Ich stand direkt vor dem Friedhofstor. Sicher ist es geschlossen, dachte ich. Schließlich war es schon nach Mitternacht. Trotzdem versuchte ich das Tor zu öffnen – und es ging tatsächlich auf. Ich zögerte. Sollte ich hineingehen oder nicht?

Schon als Jugendlicher war ich ein großer Verehrer von Edgar Allan Poe gewesen. Ich lernte ihn zunächst durch die alten Horrorfilme aus den sechziger Jahren mit dem unvergleichlichen Vincent Price kennen. Dann begann ich seine Erzählungen zu lesen. »Der Untergang des Hauses Usher«, »Die Maske des roten Todes« und wie sie alle hießen. Zuletzt lernte ich Poe als Dichter kennen. Ich liebte »Der Rabe« und von »Traumland« konnte ich heute noch, nach all der Zeit, als Mann in den so genannten besten Jahren, die gar nicht so besonders gut sind, die ersten Zeilen.

Ich betrat den Friedhof und flüsterte unwillkürlich die Worte aus »Traumland«, die ich so oft schon gesprochen und gedacht hatte:

> »Jenseits des Raumes, jenseits der Zeit
> dehnt sich wild, dehnt sich weit
> ein dunkles Land.
> Auf schwarzem Thron
> regiert ein Dämon,
> die Nacht genannt.«

Langsam und vor Kälte zitternd ging ich über den Friedhof, vorbei an vielen Gräbern von Verstorbenen, an deren Namen man sich schon lange nicht mehr erinnerte. Wie ging doch gleich die zweite Strophe des Gedichts? Niemand außer mir war auf dem Friedhof. Das einzige Geräusch, das ich hörte, war das Knirschen der Steine unter meinen Füßen.

»Auf einem Wege, traurig und einsam,
Mit bösen Engelscharen gemeinsam,
Erreichte ich neuerdings
Dies entlegene Thule.
Durch Heiden ging's,
Durch Sümpfe und Pfuhle –
Da, jenseits der Zeit und jenseits des Raums
Lag es verzaubert, das Land des Traums.«

Das waren die Worte, nach denen ich gesucht hatte und die mir plötzlich wieder einfielen. Wenige Schritte von mir entfernt sah ich den Grabstein, auf dem groß der Name »Edgar Allan Poe« und die Jahreszahlen »19. Januar 1809« und »7. Oktober 1849« standen. Demnach hatte Poe heute Geburtstag. Was für ein merkwürdiger Zufall. Lange betrachtete ich das Grab. Auf dem Grabstein saß ein steinerner Rabe und darunter standen die Worte: »Quoth the Raven: ›Nevermore.‹« – »Sprach der Rabe: ›Nimmermehr.‹« Merkwürdigerweise fühlte ich mich dem Dichter, der fast 150 Jahre tot war, plötzlich ganz nahe. Ich musste an das unglückliche Leben denken, das er gehabt hatte, und an seinen viel zu frühen Tod unter mysteriösen Umständen. Er wollte nach Fordham fahren und machte Zwischenstation in Baltimore. Hier fand man ihn bewusstlos auf einer Straße liegen. Jede Hilfe kam zu spät. Ich sprach ein Gebet und verließ das Grab dieses großen Mannes. Schnellen Schrittes ging ich auf das Tor zu.

Plötzlich tauchte aus dem Nebel eine Gestalt auf, die sich mir näherte. Als sie nur noch wenige Schritte von mir entfernt war, erkannte ich einen alten Mann. Er trug einen schwarzen Mantel und einen breitkrempigen schwarzen Hut, dessen Schatten auf sein Gesicht fiel. In der einen Hand hielt er drei rote Rosen und eine in Papier gewickelte Flasche. Mit der anderen Hand umfasste er einen Stock, auf den er sich schwerfällig stützte. Ohne ein Wort zu sagen oder mich mit einem Blick zu würdigen, ging er langsam an mir vorbei. Mir kam die Szenerie mit einem Mal noch unheimlicher vor als bisher. Ich wollte wissen, warum sich dieser alte Mann mit Blumen und einer Flasche Alkohol – denn nichts anderes konnte sich in der eingewickelten Flasche befinden – mitten in der Nacht auf dem Friedhof herumtrieb. Vorsichtig, mit einigem Abstand, damit er mich nicht sehen konnte, schlich ich ihm nach. Vor dem Grabstein von Edgar Allan Poe blieb er stehen. Mühsam bückte er sich und legte die drei Rosen nieder. Lange verweilte er vor dem Grab. Schluck für Schluck trank er aus der Flasche und murmelte verschiedene Worte vor sich hin. Als sie etwa zur Hälfte leer war, legte er die Flasche neben die Rosen. Dann neigte er sein Haupt, drehte sich um und ging mit langsamen, unsicheren Schritten dem Ausgangstor entgegen.

Ich folgte ihm, denn ich war neugierig geworden. Ich wollte wissen, wer dieser elegant gekleidete alte Mann war, der mitten in der Nacht an Poes Grab trank und Blumen niederlegte. Ein Stück des Weges folgte ich ihm, ohne bemerkt zu werden. Dann bog er um eine Ecke und war – verschwunden. Weit und breit konnte ich ihn nicht mehr entdecken. Es war inzwischen schon fast zwei Uhr morgens. Ich musste ins Hotel, denn mein Flug zurück nach Deutschland ging zeitig.

Durch die Hetze am Flughafen und eine neue Bekanntschaft im Flugzeug vergaß ich die seltsame Begegnung. Erst ein Jahr später kam sie schlagartig in mein Gedächtnis zurück. Als ich eines Morgens die Zeitung aufschlug, sah ich ein Foto von Edgar Allan Poes Grabstein und darunter einen kleinen Artikel. In ihm konnte ich lesen, dass der geheimnisvolle alte Mann, den ich vor einem Jahr beobachtet hatte, gestorben war. Fünfzig Jahre lang war er immer am Geburtstag des Dichters an dessen Grab erschienen, um ihn auf seine eigene, höchst persönliche Art zu ehren. Um wen es sich bei dem alten Herrn handelte, wusste man nicht.

Vielleicht war es gut so, dass ich damals seine Spur verloren hatte und er sein Geheimnis für sich behielt, dachte ich. Irgendwie passte dieses ungewöhnliche Ritual zu Edgar Allan Poe. Bestimmt hätte er seine Freude daran gehabt. Ja, es war gut, dass die Identität des alten Mannes nie herausgefunden wurde. So konnte sich jeder in seiner Phantasie ausmalen, was das für ein Mann war, der den Dichter auf diese merkwürdige Art und Weise ehrte. War er ein verschrobener Millionär, ein Psychopath oder ein Gammler? Oder war er vielleicht ein biederer Beamter, der tagein tagaus im Büro seinen Pflichten nachging, um einmal im Jahr etwas Besonderes zu machen? Es könnte auch ein Kollege von Poe gewesen sein, ein Dichter, der sich ein Leben lang bemüht hatte, sein großes Vorbild zu erreichen. Vielleicht hatte auch die Stadt Baltimore einen Schauspieler engagiert, der jedes Jahr dieses seltsame Ritual vollzog, als werbewirksamen Gag sozusagen. Und so konnte der alte Mann in der Phantasie von jedem Einzelnen eine andere Bedeutung annehmen. Es war gut so, dass auch nach seinem Tod das Geheimnis nicht gelüftet wurde.

Eigentlich schade, dass der alte Brauch nun nicht mehr fortgesetzt wird, dachte ich. Doch halt, im letzten Absatz des Artikels stand, dass am Geburtstag von Edgar Allan Poe ein junger Mann an dessen Grab gesichtet worden war, der drei Rosen niederlegte und eine halbe Flasche Cognac daneben stellte. Der junge Mann trug einen schwarzen Mantel und eine schwarze Wollmütze. Um den Hals hatte er sich einen grauen Schal gebunden. Neben der Cognacflasche wurde ein Zettel gefunden, auf dem der Tod des alten Mannes mitgeteilt wurde. Daher hatte also die Presse davon erfahren. Außerdem konnte man in einer krakeligen Handschrift lesen: »Auf seinen Wunsch werden wir – wer immer ›wir‹ sind – die Tradition fortführen.«

Es geht also weiter. Gott sei Dank, dachte ich. Zwar war der alte Mann gestorben, doch die Tradition sollte weiterbestehen – ohne ihn. Eine Legende war gegangen, doch ein anderer schickte sich bereits an, ebenfalls Legende zu werden.

Das Mausoleum

In ein langes weißes Gewand mit goldenen Stickereien gehüllt ging der Herrscher eiligen Schrittes durch den Palast. Seit einigen Tagen war er von einer Unruhe befallen, die ungewöhnlich für ihn war. Er kannte den Grund für seine Erregung jedoch sehr genau, nur wollte er ihn sich anfangs nicht eingestehen. In einem Gespräch mit seinen Ministern kam die Rede auf seinen 60. Geburtstag und die damit im Zusammenhang stehenden geplanten Feierlichkeiten. Als die Minister aufzählten, welche Konzerte, Galadiners, Paraden und andere Dinge zu seinen Ehren stattfinden sollten, wurde dem Monarchen erst richtig bewusst, was dieser Geburtstag für ihn bedeutete. Er stand nun an der Schwelle zum Alter. Die Zeit, die ihm noch blieb, erschien ihm knapp bemessen. Sein Vater war mit 66 Jahren gestorben, seine Mutter noch viel früher, mit nur 51 Jahren. Er fühlte sich zwar noch sehr gut, eigentlich besser und gesünder als je zuvor. Aber was hatte das schon zu bedeuten? Sein Vater war nie krank gewesen. Er war mit einer so robusten Gesundheit gesegnet gewesen, dass jeder damit rechnete, dass er neunzig, wenn nicht gar noch älter werden würde. Und dann fand man ihn eines Morgens tot vor seinem Bett liegen. Ein Herzinfarkt hatte sein Leben von einer Sekunde auf die andere beendet.

Gleich nachdem er mit seinen Ministern gesprochen hatte, ließ der Monarch seine Ärzte kommen. Er war zutiefst beunruhigt. Immer hatte er sein Alter ignoriert, seine Geburtstage bewusst nicht gefeiert. Dies hatte er seit so vielen Jahren gemacht, dass er darüber ganz vergessen hatte, wie alt er wirklich war. Erst das Gespräch mit seinen Ministern hatte ihm diese Zahl wieder ins Bewusstsein gerufen. Von den Ärzten wollte er genau wissen, wie es um ihn stand. Sie sollten ihm sagen, wie lange er noch zu leben hatte. Am liebsten hätte er Tag und Stunde seines Todes erfahren.

Damit konnten die Ärzte leider nicht dienen, doch sie bescheinigten ihm eine robuste Gesundheit und noch viele Lebensjahre. Der Monarch glaubte ihnen kein Wort. Genau dies hatten sie damals auch seinem Vater gesagt. Für ihn war sicher, dass er nicht einen Tag älter werden würde als 66. Es war seiner Meinung nach sogar wahrscheinlich, dass er noch früher sterben würde. Zwar bescheinigten ihm auch andere Ärzte, die er aus allen Herren Länder herbeirufen ließ, dass kein Grund zur Beunruhigung vorlag, aber er glaubte auch ihnen nicht. Für ihn steckten sie alle unter einer Decke. Alle wollten ihn täuschen. Oder vielleicht waren sie auch nur unfähig, die Krankheit zu entdecken, an der er litt.

Der Monarch war der Ansicht, dass es höchste Zeit war, an die Zeit nach seinem Tod zu denken. Ein Testament hatte er schon vor vielen Jahren verfasst, die Thronfolge war geregelt. Aber wie würde ihn sein Volk im Gedächtnis behalten? Sah es in ihm einen gütigen Herrscher, dessen Regierungszeit für das Land von größter Bedeutung war, oder hielten sie ihn für unbedeutend und warteten nur auf seinen Tod? Sicher hatte er sein Land geprägt wie kaum ein Herrscher vor ihm. Er hatte es von seiner Rückständigkeit befreit und ins 20. Jahrhundert geführt. In die Geschichtsbücher war er längst eingegangen. Aber er wusste auch, wie schnell das Volk vergaß. Er musste etwas schaffen, das man nicht vergessen konnte, das seinen Ruhm für alle Zeiten bewahren würde. Etwas wie die Pyramiden, deren imposanter Bau die Namen der Bauherren über Jahrtausende bewahrte. Auf jeden Fall etwas, das ihm nicht nur eine Fußnote im dicken Buch der Geschichte einbringen würde.

Der Monarch schlug sich die Nächte um die Ohren. Schlaflos ging er in seinen Gemächern auf und ab. Er fertigte Skizzen auf Blättern, die er wieder wegwarf und neu zeichnete. Seine Minister und der ganze Hof machten sich Sorgen um den König, der sie gar nicht mehr zu bemerken schien. In Gedanken versunken, scheinbar in einer anderen Welt lebend, ging er durch den Palast. Ja, er sprach sogar mit sich selbst, allerdings so undeutlich, dass es keiner verstehen konnte. So ging es Tag für Tag, einige Wochen lang. Der Monarch zog sich zurück, wollte niemanden sehen und aß nur sehr unregelmäßig. Um die Staatsgeschäfte kümmerte er sich nicht mehr, sondern hatte sie für unbestimmte Zeit dem Premierminister übertragen.

Eines Morgens kam er mit ungewohntem Elan aus seinen Gemächern und ließ die Minister zu sich rufen. Nachdem sich alle um einen Tisch versammelt hatten, nahm der Monarch einige große Papierbogen und breitete sie auf dem Tisch aus. Die Minister betrachteten sie aufmerksam, wussten aber nichts damit anzufangen.

»Das sind Pläne für mein Mausoleum, die ich in den vergangenen Wochen höchstpersönlich angefertigt habe«, erklärte ihnen der Herrscher stolz. »Ich möchte, dass sie genau so ausgeführt werden, wie ich sie hier aufgezeichnet habe. Es soll das prächtigste Mausoleum werden, das die Welt je gesehen hat. Ich habe mir dafür einen Platz ausgesucht, wie man einen besseren nicht finden kann. Es soll auf einem Hügel mit Blick auf das Meer entstehen. Ich werde Ihnen diesen Ort zeigen und möchte, dass mit dem Bau sofort begonnen wird. Es dürfen keine Kosten und Mühen gescheut werden. Vor allem drängt die Zeit, denn ich spüre mein Ende näher kommen. Bevor ich sterbe, möchte ich jedoch das Mausoleum mit eigenen Augen sehen. Holen Sie mir die besten Architekten des Landes, damit ich mit ihnen die Einzelheiten besprechen kann. Wie gesagt, es ist sehr eilig.«

Die Minister sahen sich ungläubig an. Sie versuchten den Monarchen zu überzeugen, dass er keinen Grund zur Sorge um seine Gesundheit hatte. Der beharrte jedoch darauf, dass sein Leben zu Ende ging und drängte auf den Baubeginn. Den Ministern blieb nichts anderes übrig, als seine Befehle zu befolgen.

Die Feierlichkeiten zum Geburtstag des Königs waren längst vorüber, als der Grundstein zu dem kolossalen Gebäude gelegt wurde. Bis ins kleinste Detail hatte der Herrscher die Pläne mit dem Architekten abgesprochen. Als alles geregelt schien, fragte er den Architekten: »Wie lange wird es dauern, bis das Mausoleum beendet ist?«

»Es ist ein großes Gebäude, sehr prunkvoll. Da gibt es viel zu tun. Ich weiß es nicht genau. Es ist schwierig abzuschätzen …«, versuchte er sich um eine Antwort zu mogeln.

»Wie lange?«, fragte der König unerbittlich.

»Nun ja, wenn der Grundstein im September gelegt wird …
Es ist ja nicht sicher, ob wir wirklich im September mit dem Bau
beginnen können …«

»Wir werden im September beginnen. Also, wie lange?«, fragte
der König zum dritten Mal. Er war äußerst ungeduldig, und es
war nicht ratsam, ihn weiter auf die Folter zu spannen.

»Zehn Jahre mindestens«, antwortete der Architekt zaghaft.

»Zehn Jahre!«, brüllte der Monarch urplötzlich. Der Architekt
zuckte zusammen und wich zurück. »In zehn Jahren bin ich
längst tot. Es muss schneller gehen, viel schneller. Ich muss das
Mausoleum mit eigenen Augen sehen können, bevor ich sterbe.
Sehen Sie zu, dass Sie schneller fertig werden.«

»Das ist unmöglich«, wagte der Architekt zu widersprechen.

»Es darf aber nicht unmöglich sein«, brüllte der König erneut.
Er bekam vor Aufregung einen knallroten Kopf. »Die Vollendung
des Mausoleums ist das wichtigste Ziel, das einzige Ziel in meinem Leben, das ich noch erreichen will, nein muss. Tun Sie, was
Sie wollen, solange Sie nur schnell fertig werden. Sie bekommen
alle Mittel von mir zur Verfügung gestellt. Ich statte Sie mit allen Privilegien aus. Sie werden mir täglich Bericht erstatten. Und
lassen Sie sich von niemand abweisen. Ich werde Befehl erlassen,
dass Sie immer und jederzeit Zutritt zu meinen Privatgemächern
haben. Nun machen Sie sich an die Arbeit.«

Der Architekt verließ die Gemächer des Königs und begann mit
den Bauarbeiten.

Seit dem Gespräch waren vier Monate vergangen und schon war
der Grundstein gelegt worden. Schneller ging es wirklich nicht,
aber dem Herrscher war es zu langsam. Tief in seinem Inneren
musste er sich eingestehen, dass die Arbeiter ihr Bestes gaben.
Mehr konnte er nicht von ihnen verlangen. Um jeden Preis wollte
er das Ende der Bauarbeiten erleben. Deshalb suchte der kernge-
sunde Monarch nach den besten Ärzten der Welt, die sein Leben
verlängern sollten. Sie kamen, konnten aber keinerlei Krankheiten feststellen. Da sie genau wussten, dass der König ihnen diese
Diagnose nicht glauben würde, verordneten sie ihm Bewegung

und Vitamintabletten, die zwar sein Leben nicht verlängern würden, aber auch keinen Schaden anrichten konnten. Der König glaubte fest an ihre Wirkung und vergaß nie, die Tabletten regelmäßig zu nehmen.

Ebenso wenig verging kein Tag, an dem der Monarch nicht die Baustelle besuchte, um sich von den Fortschritten zu überzeugen. Wenn er – was von Zeit zu Zeit vorkam – andere Staatsoberhäupter im Ausland besuchen musste, ließ er sich am Telefon bis ins kleinste Detail von den Bauarbeiten berichten. So verging ein Jahr nach dem anderen, bis die zehn Jahre vorbei waren. Das Mausoleum stand kurz vor der Vollendung. Anstatt sich zu freuen, war der inzwischen siebzigjährige Monarch in den letzten Wochen zusehends missmutiger geworden. Er hatte sich in die fixe Idee hineingesteigert, dass er sterben müsse, sobald das letzte winzige Detail des Mausoleums beendet wäre. Je näher die Vollendung des Gebäudes kam, desto schlechter fühlte er sich. Er fürchtete sich sehr vor seinem Tod und musste etwas unternehmen, um ihm noch einmal zu entrinnen. Tag und Nacht überlegte er, bis er die Lösung des Problems gefunden hatte. Der Bau musste weitergehen, so einfach war das. Er musste seine Pläne ändern. Man konnte zum Beispiel einen Anbau machen, den er allerdings vor seinen Ministern und auch seinem Volk rechtfertigen müsste. Das Regieren war nicht mehr so einfach wie vor zehn Jahren. Ausgerechnet er, der sein Land modernisieren wollte, bekam nun die für ihn negativen Seiten der Modernisierung zu spüren. Er konnte nicht mehr einfach einen Befehl erteilen, der dann ausgeführt wurde, sondern musste ihn begründen. Notfalls musste er den Plan ändern und Kompromisse eingehen. So überlegte er sich eine gute Begründung für die Fortsetzung der Bauarbeiten. Seinen Ministern sagte er, dass seine Eltern an seiner Seite beerdigt werden sollten und auch zukünftige Generationen seiner Familie. Deshalb müsse das Mausoleum vergrößert werden. Da der 70. Geburtstag des sonst genügsam lebenden Monarchen anstand, wurden seine Pläne sofort genehmigt. Jeder wusste, dass das Grabmahl zu einer fixen Idee des alten Mannes geworden war. Warum sollte man ihm diese kleine Freude nicht gönnen? Es wurden neue Pläne gezeichnet, allerdings zog sich deren Umsetzung diesmal in die Länge. Alle wunderten sich darüber, dass ausgerechnet der Monarch, der immer auf eine schnelle Vollendung gepocht hatte, nun nichts unversucht ließ, genau diese zu verhindern. Jahr für Jahr verging, ohne dass die Arbeiten vorankamen. Immer wieder dachte sich der alte König neue Änderungen, neue Anbauten oder Umbauten aus. Einmal kam ihm das Schicksal zu Hilfe. Bei einem schweren Unwetter wurde ein Turm des Mausoleums so stark beschädigt, dass er abgerissen und neu erbaut werden musste. Etwas Besseres hätte dem alten Mann nicht passieren können. Er hatte inzwischen längst die achtzig überschritten und erfreute sich immer noch bester Gesundheit, obwohl er über allerlei eingebildete Krankheiten klagte. Manch einer hatte den Eindruck, er würde ewig leben. Sein Architekt, der Jahre jünger als er gewesen war, lebte längst nicht mehr. Ein Nachfolger, der den König zufrieden stellte, war schwer zu finden.

Die Regierungsgeschäfte hatte der alte König vor einigen Jahren an seinen Sohn abgegeben. Jetzt hatte er alle Zeit der Welt für sein großes Projekt, sein Grabmal, das ihn unsterblich machen sollte. Oft sah man ihn auf der Baustelle den Handwerkern Anweisungen geben. Längst war auch der Nachfolger des Architekten alt und kränklich geworden. Mehrmals hatte er den König gebeten, entlassen zu werden, weil er sich nicht mehr mit aller Kraft um den Fortgang des Baus bemühen konnte. Der alte Monarch lehnte jedes Mal ab. Ihm war es nur recht, wenn es langsam voranging. Schließlich starb auch der zweite Architekt, so dass der König gezwungen war, erneut einen Nachfolger zu suchen. Er fand ihn in einem jungen Mann aus England, der nichts von den Ängsten des alten Königs, die ihn befielen, wenn er an die Fertigstellung des Baus dachte, wusste. Er spornte die Arbeiter, die sich an den Müßiggang gewöhnt hatten, zum Arbeiten an. Tag und Nacht, rund um die Uhr, konnte man die Arbeiter hämmern hören. Mit größter Beunruhigung sah der König den schnellen Fortgang. Es war ihm, als könne er die Zeit, die ihm noch blieb, förmlich wie Sand durch die Finger rieseln sehen. Er musste etwas unternehmen, aber was? Mit einer so schnellen Vollendung hatte er nicht gerechnet und deshalb keine Pläne gemacht, wie man das Bauende herauszögern konnte.

Immer weniger ließ er sich auf der Baustelle sehen. Er konnte den Anblick des fast vollendeten Gebäudes nicht ertragen. Eines Tages wurde er vom Architekten zur Baustelle eingeladen. Das Bauwerk stand vor der Vollendung. Mit Schrecken sah der König, dass alle Gerüste entfernt waren. Das Gebäude sah großartig aus. Das musste er zugeben. Die vergoldeten Kuppeln leuchteten im strahlenden Sonnenschein. Schnellen Schrittes ging der alte Mann zum großen schmiedeeisernen Eingangstor und betrat den Hauptsaal. Die Pracht, die er zu sehen bekam, erschlug ihn fast. Bisher hatten Planen den Anblick verhindert, doch jetzt erstrahlte die Decke mit vielen farbigen Ornamenten in ihrer ganzen Schönheit. Der Monarch war überwältigt. So prunkvoll und schön hatte er sich das Mausoleum in seinen Träumen nicht vorgestellt. Es sah herrlich aus. Ein kleiner künstlicher See war im großen Saal angelegt worden, in dessen Mitte auf einer Insel ein goldener Sarg stand. In diesem Sarg sollte der König eines Tages selbst liegen. Über eine Brücke ging der König auf den Sarg zu. Er stand auf einem Podest aus Marmor. Etwas störte den König an diesem Sockel, und bei genauerem Hinsehen konnte er auch sehen, was es war. Eines der dünnen Marmorblättchen, die zur Verzierung angebracht waren, war herausgebrochen. Der König ließ sich Zement bringen, um eigenhändig das Blättchen wieder an seinen Platz zu setzen. Der Architekt und alle anderen, die um ihn standen, wollten ihn von seinem Vorsatz abbringen. Es sei der Würde des Königs nicht angemessen, die Arbeit eines gewöhnlichen Handwerkers zu verrichten. Alle Einwände waren dem alten Mann gleichgültig. Er wusste nicht warum, aber er fühlte, dass es seine Aufgabe war, das Werk, das er vor über zwanzig Jahren in Auftrag gegeben hatte, zu vollenden. Ja, er wollte es vollenden, auch wenn dies seinen Tod bedeuten konnte. Er drückte das Marmorblättchen fest an seinen Platz und es geschah – nichts. Ganz richtig war das nicht. Es geschah schon etwas. Die Umstehenden applaudierten laut. Aber das interessierte den König nicht. Er stand noch genauso da wie vor einer Minute. Er lebte, obwohl er erwartet hatte, tot umzufallen. Er lebte und doch fühlte er sich anders, als noch vor wenigen Minuten. Sein Lebenswerk war vollendet. Das, wovor er so große Angst gehabt hatte, war geschehen.

Und seine Angst war wie weggeblasen. Als er den letzten Stein in das Gebäude einfügte, hatte er mit seinem Leben abgeschlossen. Es hätte ihm nichts ausgemacht, auf der Stelle zu sterben. Jetzt da er noch lebte, wollte er jede Minute als ein Geschenk betrachten, und wenn der Tod kommen würde, so würde er ihn empfangen ohne Angst und ohne zu murren.

Unter dem Applaus der Arbeiter ging der König langsamen Schrittes aus dem Mausoleum. Als er ins Freie trat, wusste er, dass er das Mausoleum nicht mehr lebend betreten würde. Er setzte sich auf eine kleine Bank am Rande des Weges und genoss die wärmenden Strahlen der Frühlingssonne.

Die Buddha-Statuen

Die 1600 Jahre alten Buddha-Statuen sollten zerstört werden. So hatten es die religiösen Fanatiker beschlossen, und so wurde es in allen Zeitungen der Welt gemeldet. Diese Nachricht erreichte auch den Expräsidenten in seinem Feriendomizil. Er war außer sich vor Wut. Wie konnten sich ein paar Menschen aus fadenscheinigen Gründen anmaßen, einen Teil des Weltkulturerbes zu vernichten? Einen Teil, der allen Naturkatastrophen und Kriegen über Jahrhunderte getrotzt hatte. Sicher, diese Menschen wollten ihre Macht demonstrieren. Wenn die riesigen Statuen vor den Augen der Weltöffentlichkeit in sich zusammenfallen würden, dann wäre das ein eindrucksvoller Beweis ihrer Macht. Aber ginge es nicht auch anders? Gab es wirklich keine andere Möglichkeit als dieses abscheuliche Zerstörungswerk? Am meisten ärgerte sich der ehemalige Präsident darüber, dass die Nachricht den Zeitungen nur eine Randnotiz wert war. Was interessierte es schon die Amerikaner oder Europäer, wenn irgendwo in der Welt ein paar Menschen verrückt spielten? Handelsinteressen waren von den Aufständischen nicht gefährdet oder auch nur berührt worden, sondern »nur« ein kulturelles Relikt einer längst vergangenen Zeit. Es handelte sich um eine Kultur, die der westlichen Welt völlig fremd war und damit wohl auch nicht schützenswert erschien. Ob die Fußballweltmeisterschaft nun von einem Privatsender übertragen werden dürfe oder nicht, diese weltbewegende Frage hatte das Zeug zur Titelgeschichte. Die alten Statuen nicht. Sicherlich protestierten die Vereinten Nationen. Doch viel wichtiger als Worte waren Taten.

Diese Gedanken gingen dem Expräsidenten durch den Kopf. Man musste handeln. Die Geschichte musste auf Seite eins stehen und die Öffentlichkeit in Aufruhr versetzen. Man musste handeln. Ja, aber wer war »man«? Wer konnte die Weltpresse besser mobilisieren als er selbst, der populäre und immer noch beliebte ehemalige Präsident einer Weltmacht? Wenn die Wahrscheinlichkeit auch gering war, dass er etwas erreichen konnte, so war es immerhin einen Versuch wert.

Der ehemalige Präsident nahm die nächste Maschine in das arabische Land. Er kam als Privatmann und wurde doch in allen Ehren empfangen. Der Staatschef des Landes wollte es sich unter keinen Umständen nehmen lassen, einen so berühmten Gast persönlich zu empfangen. Dem Expräsidenten konnte es nur recht sein, denn so konnte er vor versammelter Presse sein Anliegen vorbringen. Ohne lange Einleitung kam er gleich auf den Grund seines Besuches zu sprechen, den er dem Staatschef wohlweislich bisher verschwiegen hatte. Wütend und in der für ihn typischen deutlichen Sprache prangerte er das Verhalten der religiösen Fanatiker an. Kein Staranwalt hätte ein besseres Plädoyer für den Erhalt der Statuen halten können. Von Zeit zu Zeit warf der ehemalige Präsident einen Blick auf den Staatschef, der unruhig in seinem Sessel hin- und herrutschte. Die Rede seines Gastes war ihm offensichtlich mehr als unangenehm. Kaum hatte der Expräsident die letzten Worte gesprochen, verabschiedete sich der Gastgeber. Er habe noch wichtige Amtsgeschäfte zu erledigen. Dem ehemaligen Präsidenten kam es eher so vor, als wolle der Staatschef ihm ausweichen.

Sei's drum, dachte er. Das was ich zu sagen hatte, habe ich gesagt. Jetzt heißt es die Reaktion abwarten.

Diese Reaktion ließ in der Tat nicht lange auf sich warten. Kaum war der ehemalige Präsident in seinem Hotelzimmer angekommen und hatte den Fernseher angestellt, da konnte er auch schon sein Gesicht auf dem Bildschirm sehen. Der Sender brachte Ausschnitte seiner Rede und eine Reaktion des Führers der Bilderstürmer. Die Rede des Expräsidenten hatte ihn nicht im Geringsten beeindruckt. Im Gegenteil. Sie hatte ihn sogar in seiner Ansicht bestärkt, das Richtige zu tun. Die Vorbereitungen für die Sprengung liefen auf Hochtouren. Morgen, spätestens übermorgen, war der große Moment, verkündete der bärtige Mann im weißen Gewand stolz und hielt drohend ein Gewehr in die Kamera.

Die Miene des Expräsidenten hatte sich während des Berichts zusehends verfinstert.

»Du gibst also nicht auf«, flüsterte er und sah dabei den Mann im Fernseher an. »Na gut, ich werde auch nicht aufgeben. Wollen wir doch mal sehen, wer am Ende der Stärkere ist.«

Als Erstes versetzte der Expräsident seine Leibwächter in Aufregung. Er teilte ihnen mit, dass er beschlossen hatte, an den Ort zu fahren, an dem die Buddha-Statuen standen. Zwar redeten sie alle auf ihn ein, dass dies ein unverantwortliches Sicherheitsrisiko sei, dass er sich auf keinen Fall in eine solche Gefahr begeben dürfe. Er hörte sich ihre Einwände und Bedenken an, um ihnen nur einen Satz zu erwidern: »Also, meine Herren, fahren wir.«

Die religiösen Fanatiker waren nicht wenig erstaunt, als eine Wagenkolonne bei den Buddha-Statuen ankam und der Expräsident aus dem ersten Wagen stieg, gefolgt von seinen Leibwächtern und einer Horde Journalisten. Schnellen Schrittes ging er auf einen Mann zu, der ihm wichtig erschien, und fragte ihn: »Sind Sie hierfür verantwortlich?«

Er war es nicht, aber er versprach, den Führer so schnell wie möglich zu holen. Doch das war in diesem Moment gar nicht mehr nötig, denn schon von Weitem erkannte der ehemalige Präsident den bärtigen Mann aus dem Fernsehen. In Wirklichkeit wirkte er nicht so energisch und kraftvoll wie auf der Mattscheibe. Der Expräsident bemerkte, dass der Mann, der sein Gegner war, das eine Bein leicht hinter sich herzog. Offensichtlich hinkte er. Bis zu diesem Zeitpunkt hatte der ehemalige Präsident keine Ahnung, wer dieser Mann überhaupt war. Diesen Mangel an Informationen empfand er, als er ihm direkt gegenüber stand und ihn nicht einmal mit Namen ansprechen konnte.

»Rafik ibn Rahoul«, stellte sich der bärtige Mann vor, reichte dem Expräsidenten die Hand und sah ihm dabei unverwandt in die Augen. Der Expräsident hielt dem Blick stand. Von diesem Moment an war ihm klar, dass er es mit einem harten und gefährlichen Gegner zu tun hatte, den er auf keinen Fall unterschätzen durfte. Ursprünglich hatte er vorgehabt, vor allen Pressevertretern mit ihm zu reden. Jetzt besann er sich eines Besseren und bat um ein Gespräch unter vier Augen. Rafik ibn Rahoul gewährte ihm das Gespräch. Von Anfang an hatte der ehemalige Präsident das Gefühl, jedes seiner Worte wäre umsonst. Es kam ihm vor, als würde er ein Selbstgespräch führen. Er redete und redete, ließ kein noch so abwegiges Argument aus, und bekam von seinem Gegenüber keine Antwort. Rafik ibn Rahoul sah ihn nur an. Er grinste über das ganze Gesicht. Dem Expräsidenten war dieses Grinsen mehr als nur unangenehm. Es brachte ihn fast aus der Fassung, doch er beherrschte sich. Als ihm langsam die Argumente ausgingen und Rahoul keinerlei Anstalten machte, irgendetwas zu antworten, sprach er ihn direkt an: »Ich habe Ihnen nun ausführlich dargelegt, wie ich die Angelegenheit sehe. Nun sagen Sie mir bitte Ihre Meinung.«

Das Grinsen von Rafik ibn Rahoul wurde noch breiter: »Ich habe Ihnen nichts zu sagen. Sie kennen meine Meinung. Morgen, spätestens übermorgen werden die Statuen gesprengt. Das habe ich heute im Fernsehen verkündet und so wird es geschehen.«

»Ich werde es verhindern«, erwiderte der ehemalige Präsident zornig.

»Das wird Ihnen nicht gelingen«, sagte Rafik ibn Rahoul und sein Grinsen versteinerte sich urplötzlich. Seine dunklen Augen funkelten bei den Worten. Der Expräsident wusste genau, dass mit ihm nicht zu spaßen war. Er würde alles versuchen, um seinen irrsinnigen Plan in die Tat umzusetzen. Aber auch er selbst würde nicht einfach wieder abreisen. Er hatte sich zu weit aus dem Fenster gelehnt, um so einfach einen Rückzieher machen zu können, der ihn vor der Weltöffentlichkeit blamieren würde.

»Wir werden sehen, wer am Ende das Spiel gewinnt«, sagte der ehemalige Präsident mit einem drohenden Unterton, stand auf und ging, ohne sich nach Rafik ibn Rahoul umzudrehen.

»Was haben Sie vor?«, fragte dieser.

»Das werden Sie noch früh genug erfahren«, ließ ihn der Expräsident im Unklaren und ging. Offen gestanden wusste er selbst nicht, was er tun wollte. Er hatte es mit einem Fanatiker zu tun, dem jedes Mittel zur Erfüllung seines Vorhabens recht war. Was konnte man gegen einen solchen Menschen machen? Zwar war ibn Rahoul verblendet, doch er war sehr klug und gerissen.

Den konnte man nicht so einfach an die Wand drücken. Als er vor der versammelten Presse stand und deren Fragen beantwortete, stellte ein Journalist dem Expräsidenten die Frage: »Werden Sie nun wieder abreisen?«

Da wurde ihm schlagartig bewusst, was er tun konnte.

»Nein, ich werde nicht abreisen«, antwortete er mit strahlender Siegermiene. »Ich bleibe und zwar genau hier.«

Ein Raunen ging durch die Reihen.

»Ich werde mich vor die Statuen stellen. Wenn Herr ibn Rahoul die Statuen sprengen will, dann wird er wohl oder übel mich ebenfalls in die Luft jagen müssen. Und ich bin sicher, dass er sich das nicht trauen wird.«

Nach einem unangenehm stillen Moment, in dem man eine Stecknadel hätte fallen hören können, begannen alle gleichzeitig auf den Präsidenten einzureden. Vor allem seine Leibwächter wollten ihn von dem Plan abbringen. Ohne Erfolg.

Der Expräsident hatte es geschafft. Schon am nächsten Tag waren er und seine Geschichte auf allen Titelseiten der Weltpresse. Viele Regierungschefs appellierten an ibn Rahoul und seine Anhänger. Die unterschiedlichsten Organisationen sandten Vertreter, die sich an die Seite des ehemaligen Präsidenten stellten, um mit ihm zu demonstrieren. Die Öffentlichkeit war aufmerksam geworden, und das bedeutete, der Expräsident hatte gewonnen. Natürlich hatte er Angst gehabt, dass er einen törichten Fehler begehen würde. Was, wenn er seinen Gegner falsch einschätzte, wenn er die Statuen doch sprengen lassen würde, notfalls über seine Leiche? Als er jedoch Rafik ibn Rahoul mit versteinertem Gesicht auf ihn zukommen sah, wusste er, dass er gewonnen hatte. Nachdem er ihn von oben bis unten gemustert hatte, verzog sich Rahouls Gesicht zu einem spöttischen Grinsen: »Sie haben gewonnen. Die Statuen werden nicht gesprengt. Ich habe Sie in der Tat unterschätzt.«

»Es mag Ihnen jetzt als Niederlage erscheinen, aber ich versichere Ihnen, in ein paar Jahren werden Sie froh sein, dass ich Sie von Ihrem Plan abbringen konnte«, sagte der Expräsident und reichte seinem Gegner die Hand.

»Sie verstehen gar nichts«, erwiderte der und ging, ohne die Hand zu ergreifen.

Der ehemalige Präsident hatte sein Ziel erreicht. In Hochstimmung kehrte er in seine Heimat zurück, wo er wie ein Held gefeiert wurde. Die Medien, über die er sich so oft geärgert hatte, hofierten ihn nun. Er hatte Schlagzeilen geliefert, nun wollten sie sich bedanken, indem sie Lobeshymnen auf ihn schrieben. Die Popularität des Expräsidenten war größer als je zuvor. Er genoss die Achtung, die ihm entgegengebracht wurde. Einige Wochen später hatte das Medieninteresse nachgelassen. Neue Themen erregten die Öffentlichkeit. Von den Statuen war nichts mehr zu lesen. Sie standen fest und sicher an dem Ort, an dem sie Jahrhunderte gestanden hatten.

Eines Tages klingelte beim ehemaligen Präsidenten das Telefon. »Wer ist da?«, fragte er. Die Verbindung war sehr schlecht. Es rauschte und knisterte in der Leitung. Irgendjemand mit einem arabischen Namen, den der Expräsident nicht verstand, forderte ihn auf, sich am Abend die Nachrichten anzusehen und legte wieder auf. Eigenartig, dachte der Präsident und fragte seine Sekretärin, woher der Anruf gekommen war. Sicher hatte sie mehr verstanden als er. Der Anruf kam von einem Araber, der sich als Vertrauter Rafik ibn Rahouls vorgestellt hatte. Was hatte das zu bedeuten? Die Statuen, schoss es dem Expräsidenten durch den Kopf. Standen sie noch, oder hatte der Verrückte sie tatsächlich sprengen lassen? Von seinen Freunden in der Regierung konnte er nichts erfahren. Deshalb setzte er sich am Abend vor den Fernseher, um die Nachrichten zu sehen. Aufgeregt rutschte er in seinem Sessel hin und her. Nicht mit einem Wort waren die Statuen erwähnt worden. Er wollte schon ausschalten, weil nur noch der Wetterbericht kommen würde, der ihn nicht interessierte, als die Nachrichtensprecherin sagte: »Soeben haben wir eine Eilmeldung erhalten. Die berühmten 1600 Jahre alten Buddha-Statuen sind offensichtlich gesprengt worden. Nähere Angaben liegen uns noch nicht vor.«

Der ehemalige Präsident sank in seinem Sessel zusammen. Er hatte es geschafft, Rafik ibn Rahoul hatte es tatsächlich geschafft. Nicht der ehemalige Präsident hatte das letzte Wort gesprochen, sondern der Führer der religiösen Fanatiker. Wie hatte er ibn Rahoul nur so unterschätzen können? Hätte er nicht mit einer solchen Aktion rechnen müssen?

Müde schaltete er den Fernseher aus. Alles war umsonst gewesen. Er hatte versagt, und ein Stück des Weltkulturerbes war für immer zerstört worden. Zwar wurde die Vernichtung in allen Nachrichten gemeldet, und man vergaß auch nicht die Bemühungen des ehemaligen Präsidenten zu erwähnen. Aber nach ein paar Wochen war alles vergessen. Das Leben ging weiter, und neue Themen beschäftigten die Menschen. Nur der alte Expräsident dachte noch oft über Rafik ibn Rahoul, die Statuen und über seine Fehler nach.

Im März 2001 zerstörte die Taliban-Regierung in Afghanistan trotz internationaler Proteste im Tal von Bamian zwei Sandstein-Monumentalstatuen. Sie benötigten zwanzig Tage, um die 1600 Jahre alten Buddha-Statuen mit Dynamit und Maschinengewehrfeuer zu vernichten. Die 51 bzw. 36 Meter hohen Statuen waren, ebenso wie weitere Buddha-Abbilder, zerstört worden, nachdem islamische Geistliche entschieden hatten, dass die Standbilder die Grundsätze des Islam verletzten. Proteste aus aller Welt konnten diesen Akt der Zerstörung nicht verhindern. Zur Zeit werden die Statuen mit internationaler Hilfe neu erbaut.

Der Ahornbaum

Es lag schon über fünfzig Jahre zurück, dass der Ahornbaum im Garten der kleinen Gründerzeitvilla gepflanzt worden war. Wilhelm I. war zwei Jahre zuvor zum Kaiser gekrönt worden, und das Deutsche Reich befand sich in einem beispiellosen Aufschwung, von dem auch die Familie der von Straatens profitierte. Heinrich von Straaten hatte sich die Villa gebaut, und da er ein leidenschaftlicher Hobbygärtner war, hatte er es sich nicht nehmen lassen, eigenhändig den kleinen Ahornbaum zu pflanzen. Viel Zeit war seither vergangen. Wilhelm I. war gestorben, ebenso sein Sohn Friedrich III., und der Enkel Wilhelm II. war schon seit fünf Jahren im Exil in Holland. Heinrich von Straaten hatte die Weimarer Republik nicht mehr erlebt. In seiner Villa, die den einstigen Glanz nur noch erahnen ließ, lebte sein Enkel Karl, dem im Sommer 1923 sein erster und (wie er damals noch nicht wissen konnte) einziger Sohn Arthur geboren wurde. Die Tauffeier fand in kleinem Rahmen im Garten des Hauses statt. Vorsorglich hatte man die Wiege mit dem Kind in den Schatten gestellt, den der inzwischen große Ahornbaum warf. An jenem Tag im Sommer 1923 sah der Ahornbaum zum ersten Mal den kleinen Arthur.

Was für ein hübsches Kind, dachte der Baum. Viel hübscher als sein Vater vor dreißig Jahren.

Als das Kind nach oben sah, wehte der Wind durch die Äste und ließ die Blätter rauschen. Dem Baby erschien es so, als würde der Baum eine wunderschöne Melodie summen, nur für es allein. Mit einem Lächeln auf den Lippen schlief es ein.

Die Zeit verging, und der Ahornbaum beobachtete, wie Arthur größer wurde. Er sah die ersten, noch ungelenken Gehversuche des Kindes, die häufig in Stürzen und zugleich in Tränen endeten. Aber schon damals erkannte der Baum den starken Willen, der in dem kleinen Kind steckte. Es ließ sich nicht von den fehlgeschlagenen Versuchen entmutigen. Zwar weinte es, wohl aus Wut, aber es stand sofort wieder auf und versuchte mit wackligen Beinen erneut ein paar Schritte zu gehen. Und siehe da, schon bald tollte Arthur mit anderen kleinen Kindern aus der Nachbarschaft durch den Garten.

Als Arthur noch ein wenig älter wurde, entdeckte er den Ahornbaum zum zweiten Mal. Bisher war er für ihn nur ein Baum gewesen, der zufällig an dieser bestimmten Stelle im Garten stand. Doch nun wurde er zu einem Spielgefährten. Sein Vater befestigte eine Schaukel an einem Ast, auf der Arthur oft saß. Aber er schaukelte nicht nur, sondern kletterte auch in den Ästen des Baumes. Dort saß er oft und lange, gerade an lauen Sommerabenden, und hing seinen Gedanken nach. Auch sprach er manchmal leise mit sich selbst. Der Baum war für ihn zu einem Vertrauten geworden, dem er alles sagen konnte. Zwar bekam er keine Antwort, doch vielleicht ahnte Arthur damals schon, dass ihn der Ahornbaum sehr genau verstand.

Wieder vergingen Jahre. Eines Tages wurde die Fahne der Weimarer Republik eingezogen. Stattdessen hing nun eine Hakenkreuzflagge an der Fahnenstange. Die Zeiten hatten sich geändert. Manche der Freunde aus der Nachbarschaft, die Arthur oft besucht hatten, kamen nicht mehr. Es kamen neue Freunde, die alle die gleiche braune Uniform trugen. Sie sahen aus wie Pfadfinder. Der Baum hatte als Spielgefährte ausgedient. Zwar konnte er das Treiben der Kinder beobachten, aber er war kein Teil mehr davon. Das machte ihn sehr traurig.

Arthur wuchs schnell zu einem gut aussehenden Jugendlichen heran. Er war groß für sein Alter, hatte kurze blonde Haare und ein sonnengebräuntes Gesicht. Wenn er lächelte, hatte er kleine Grübchen in den Wangen. Der Ahornbaum wusste, dass er bald seine Freizeit nicht mehr mit den Jungen seines Alters verbringen würde. Und in der Tat betrat Arthur eines Abends den Garten. Nicht allein, sondern mit einem Mädchen, das in seinem Alter war. Arthur und das Mädchen setzten sich unter den Baum. Der Junge nahm die Hand des Mädchens. Lange sahen sie sich an ohne ein Wort zu verlieren. Plötzlich ergriff Arthur die Initiative und küsste das Mädchen. Von diesem Moment an war alles klar.

Der Ahornbaum hatte das oft genug mit ansehen müssen. Erst schworen sie sich ewige Liebe und Treue, die sie sich immer wieder beteuerten. Dann – es würde nicht lange dauern, dessen war sich der Baum sicher – würden sich dunkle Wolken über den Köpfen der Liebenden zusammenziehen. Es würde ein erster Streit, eine erste Versöhnung, ein zweiter Streit und so weiter folgen, bis eines Tages die Liebenden keine Liebenden mehr waren und sie getrennte Wege gingen. Warum dies so sein musste, konnte sich der Baum nicht erklären. Aber es musste wohl ein menschliches Gesetz sein.

Kaum hatte Arthur seiner Angebeteten ewige Liebe geschworen, da zog er ein Taschenmesser aus der Hose.

Was will er nur damit?, fragte sich der Baum, als er auch schon einen schmerzhaften Stich in seiner Rinde fühlte. Arthur ritzte zur Bekräftigung seiner Liebe ein Herz in die Rinde des Ahornbaums und daneben die Buchstaben A und E, denn das Mädchen hieß Erika. Das Mädchen war gerührt. Sie umarmte Arthur. Eng aneinander geschmiegt küssten sich die beiden. Der Baum litt unter den Schmerzen, die Arthur im zugefügt hatte. Gerne hätte er sie ertragen, wenn sie nicht so sinnlos gewesen wären. Die beiden Jugendlichen würden doch nicht zusammenbleiben.

Wie der Ahornbaum vorhergesehen hatte, brauten sich dunkle Wolken über den Liebenden zusammen. Sie waren jedoch anderer Art, als er vermutet hatte. Ein Krieg brach aus, der schlimmer war als alle anderen, die der Baum zuvor erlebt hatte. Die Bomben schlugen in seiner unmittelbaren Umgebung ein. Häuser fielen in sich zusammen. Doch wie durch ein Wunder blieb der Baum verschont. Arthur, der noch nicht richtig erwachsen war, musste eine Uniform anziehen und wurde an die Front zur Verteidigung seines Vaterlandes geschickt. Was für ein Vaterland ist das, das seine Jugend, seine Zukunft, in den Krieg schickt?, fragte sich der Baum. Er hatte Angst um Arthur.

Lange sah er Arthur nicht mehr. Er wusste nicht, wie viel Zeit vergangen war. Der Krieg war längst vorbei, aber Arthur kam nicht zurück. Was hatte das zu bedeuten? War der kleine Junge, der noch vor gar nicht so langer Zeit in den Ästen des Baumes gespielt und im Schatten seiner Blätter seinen ersten Kuss bekommen hatte, etwa tot? Nein, das durfte nicht sein. Man durfte die Hoffnung nicht aufgeben.

Als Arthur tatsächlich an einem Wintertag wieder im Garten stand, freute sich der Baum und war doch zugleich schockiert. Das war nicht mehr der pausbäckige, immer zu einem Scherz aufgelegte Junge, den er kannte, sondern ein abgemagerter, krank aussehender, ernster Mann. Was hatte der Krieg nur aus Arthur gemacht!

Der junge Mann wurde wieder gesund, aber seine frühere Fröhlichkeit hatte er für immer verloren. Der Ahornbaum hätte zu gerne erfahren, was Arthur im Krieg erlebt hatte, doch sein einstiger Freund schwieg. Der Baum war für ihn ohne Bedeutung. Er hatte ihn vergessen. Zwar sah er ihn immer noch im Garten stehen, ging jedoch achtlos an ihm vorüber. Er war ein Ahornbaum, sonst nichts. Schließlich zog Arthur in eine andere Stadt, um zu studieren. Der Ahornbaum sah ihn nur noch selten, wenn er seine inzwischen alt gewordenen Eltern besuchte. Eines Tages starb Arthurs Vater, wenig später die Mutter. Da kam Arthur zurück in die heruntergekommene Gründerzeitvilla. Er war verheiratet (nicht mit Erika, die der Baum nie wieder gesehen hatte) und hatte drei Kinder. Als Erstes begann er die Villa zu renovieren. Schon bald erstrahlte sie wieder in ihrem alten Glanz. Der Baum freute sich, dies noch erleben zu dürfen. Gäste kamen, Gartenfeste wurden gefeiert. Fast alles war wieder so wie früher. Aber eben nur fast, denn Arthur kümmerte sich nicht um den Baum. Er hatte Gärtner angestellt und kam nur selten in den Garten. Der Baum sah ihn oft bis spät in die Nacht an seinem Schreibtisch sitzen und arbeiten. Und wieder fragte er sich, was aus dem Arthur geworden war, den er einst kannte.

Eines Morgens erschrak der Ahornbaum. Ein Mann, den er noch nie gesehen hatte, kam mit einer Kettensäge auf ihn zu. Er wird doch nicht ... nein, das würde Arthur nicht zulassen. Aber er hatte doch die Säge in seiner Hand und ... Glücklicherweise ging der Mann an dem Ahornbaum vorbei und fällte zwei andere Bäume, die in seiner Nähe standen. Dort, wo sie in den Himmel gewachsen waren, entstand eine Gartenlaube, in die sich Arthur (wenn auch selten) an späten Sommerabenden mit seiner Frau setzte.

Die achtziger Jahre brachen an. Arthurs Kinder waren längst aus dem Haus, und Arthur selbst ging in Rente. Zum ersten Mal in seinem Leben hatte Arthur von Straaten Zeit im Überfluss und wusste zunächst nichts mit diesem kostbaren Gut anzufangen. Langsam musste er lernen, dass es ein Leben neben der Arbeit gab, ein Leben, das durchaus auch seine schönen Seiten hatte. Mit seiner Frau machte er Reisen. Sie gingen in die Stadt zum Einkaufen oder ins Theater. Außerdem entdeckte er ein neues Hobby, die Gartenarbeit. Zeit seines Lebens hatte er sich nie viel für seinen Garten interessiert. Jetzt begann er die Blumenbeete anzulegen und den Garten anzupflanzen. Er freute sich, wenn die Blumen blühten, der Salat wuchs und er schließlich zum Mittagessen auf dem Teller landete. Zu Füßen des Ahornbaums stellte er eine Holzbank auf. Oft saß er bei gutem Wetter unter dem Baum, las Zeitung oder betrachtete sein Tagwerk. Immer öfter sprach er leise mit sich selbst. Eines Tages hatte Arthur Streit mit seiner Tochter gehabt. Wütend hatte er sich auf die Bank gesetzt und mit sich selbst geredet. Doch plötzlich änderte sich der Ton. Er sprach nicht mehr mit sich selbst, sondern mit einer anderen Person. Da weit und breit niemand zu sehen war, wusste der Baum, dass nur er gemeint sein konnte. Darauf hatte er so viele Jahre gewartet. Der Ahornbaum war gerührt. Fast war alles so wie früher. Nur stand vor vielen Jahren ein kleines Kind vor ihm, während Arthur nun ein alter Mann war. Es blieb nicht bei diesem einen Gespräch. Von diesem Tag an saß der alte Mann oft unter dem Ahornbaum und sprach mit ihm. Zwar konnte der Baum nicht sprechen, aber er hatte den Eindruck, dass Arthur verstand, was er ihm mit dem Rauschen der Blätter sagen wollte.

Im Herbst des Jahres 2000 kam der alte Mann wieder einmal auf den Baum zu. Er sah schlecht aus. In den letzten Wochen war er sehr gealtert. Das Jugendliche in seinen Gesichtszügen und seinen Bewegungen war verschwunden. Langsam und vorsichtig setzte er einen Fuß vor den anderen, als hätte er Angst, jeden Moment zu stürzen. Der Ahornbaum wusste, dass der alte Mann nicht mehr lange zu leben hatte. Er hatte so viele Menschen kommen und gehen sehen, dass er die Zeichen des Todes nur zu gut kannte. Aber er wollte die Zeichen nicht sehen und wahrhaben.

Er konnte es nicht glauben, dass das Kind, das auf seinen Ästen geklettert war, bald sterben würde. Dabei vergaß er, dass Arthur schon lange kein Kind mehr war. Er hatte Arthur heranwachsen sehen, in der Blüte seiner Jahre erlebt und seinen langsamen und schleichenden Verfall beobachten können. Der Ahornbaum wusste genau, dass auch er selbst sich auf seine nachlassenden Kräfte einstellen musste. Noch trugen alle seine Äste Blätter, aber es würde nicht mehr lange dauern, bis der erste Ast morsch werden und der nächste folgen würde, bis man ihn zwangsläufig fällen müsste.

Wenige Schritte von der Bank entfernt taumelte Arthur. Er griff sich an den linken Arm und fiel zu Boden. Am Boden liegend sah er noch einmal zu dem Baum auf ohne ein Wort zu sprechen. Dann stoppte sein Atem. Er war tot. Eine Welt brach für den Baum zusammen. Unendliche Trauer machte sich breit. In seiner Verzweiflung ließ er ein Blatt fallen, dann ein zweites und ein drittes. Ein Blatt nach dem anderen fiel auf den toten Körper von Arthur von Straaten. Jedes Blatt war ein letzter Gruß des Baumes an den Verstorbenen und eine Erinnerung an die vielen gemeinsam verbrachten Jahre.

Ungleiche Rivalinnen

Schon als sie ihn zum ersten Mal gesehen hatte, hatte sie sich unsterblich in ihn verliebt. Kein Wunder, denn Alexander Pauly war ein bildhübscher junger Mann. Als er das Geschäft betrat, war er etwa 25 Jahre alt. Er hatte schulterlange, pechschwarze Haare, dazu eine zarte, helle, fast feminine Haut. Seine großen braunen Augen waren immer leicht umschattet, seine Nase das, was man eine klassisch-römische nennen würde und die Lippen immer leicht geschürzt, als ob er sich gerade über etwas aufgeregt hatte. Pauly brachte es auf ein Gardemaß von 1,93 Meter und ging trotzdem – im Gegensatz zu vielen Männern dieser Größe – kerzengerade. Da er sehr schlank war, wirkte er ein wenig schlaksig. An dem Tag, als sie ihn erstmals erblickte und sich in ihn verliebte, trug er einen beigefarbenen Anzug mit einem schwarzen Hemd ohne Krawatte. Sicher hatte er eine Krawatte angezogen als er aus dem Haus ging. Aber es war so heiß an diesem Tag, dass er sie wahrscheinlich bald ausgezogen und in die Tasche seines Sakkos gesteckt hatte. Da schaute nämlich ein Zipfel von ihr immer noch frech heraus. Wie gesagt, sie hatte sich sofort in ihn verliebt und war überglücklich vor Freude und Stolz, als er sie kaufte und nachhause mitnahm. Kaufte? Ja, richtig. Ich habe ganz vergessen, dass es sich um eine Geige handelte, die Pauly in dem Laden eines berühmten Geigenbauers ausgesucht und gekauft hatte. Sie werden nun bestimmt lachen und mir entgegenhalten: »Wie kann sich eine Geige in einen Menschen verlieben? Ein toter Gegenstand, ein Stück Holz mit ein paar Saiten, wie kann der Gefühle empfinden?«

Da kann ich nur erwidern: Wer sagt Ihnen, dass eine Geige keine Gefühle empfinden kann? Nur weil sie nicht sprechen kann, heißt das noch lange nicht, dass sie nicht Freude und Leid erlebt. Hören Sie sich doch einmal die Töne an, die aus einer Geige herauskommen. Sagen Sie dann immer noch, dass eine Geige nichts empfindet? Wie bitte? Es ist der Mensch, der dem Instrument die Töne entlockt? Sie sind aber auch wirklich unbelehrbar. Wenn Sie mir nicht glauben wollen, dass die Geige, die Herr Pauly sich gekauft hat, sich in ihren neuen Besitzer verliebt hat, dann brauchen Sie gar nicht weiterzulesen. Oder sind Sie noch unschlüssig, was Sie glauben sollen? Dann folgen Sie mir und lesen Sie die nächsten Seiten. Am Ende können Sie ein Urteil fällen.

Stolz legte Alexander Pauly die Geige zu Hause auf den Tisch und betrachtete sie von allen Seiten. Da hatte er ein wahrhaftes Prachtstück gekauft. Der Geige gefiel es, dass der gut aussehende junge Mann sie bewunderte. Sie wollte alles tun, um ihm zu gefallen. Wenn er sie doch nur endlich in die Hand nehmen und auf ihr spielen würde!

Lange musste sie auf diesen Moment nicht warten. Alexander Pauly nahm die Geige in die Hand und spielte die ersten Töne von Max Bruchs Allegro aus der »Scottish Fantasy«. Was für einen herrlichen Klang die Geige hatte! Pauly war begeistert. Man muss dazu sagen, dass sich die Geige auch wirklich anstrengte. Selbstverständlich war Pauly ein Virtuose, ein glänzender Musiker. Aber wenn sich die Geige und ihr Besitzer nicht leiden können, dann kann der Musiker noch so hervorragend sein, die Musik, die er spielt, wird nur durchschnittlich klingen. Lieben sich jedoch Geige und Geiger, dann entsteht die herrlichste Musik, die man sich nur vorstellen kann. Bei Alexander Pauly und seiner Geige war dies der Fall. Es war Liebe auf den ersten Blick.

Die Kritiker waren hingerissen vom Klang der neuen Geige. Sie überschlugen sich geradezu vor Lob. Die Geige genoss es, wenn Pauly den Bogen über ihre Saiten gleiten ließ, wenn er manchmal auch ihre Saiten zupfte. Jede Berührung war für sie die Erfüllung der Wünsche, die sie gehabt hatte, als sie Pauly zum ersten Mal sah. Und sie bedankte sich mit einem wunderschönen Ton.

Wenn nach den Konzerten Fans in die Garderobe des Stars kamen und Autogramme verlangten, dann war die Geige manchmal verstimmt und eifersüchtig, vor allem, wenn es sich bei den Fans um junge, gut aussehende Frauen handelte. Da diese Frauen jedoch alle bald wieder verschwanden, ohne einen bleibenden Eindruck bei Alexander Pauly zu hinterlassen, war sie schnell wieder besser gelaunt. Ihre Eifersucht war absolut unbegründet. Der Geiger hatte keine Freundin, und soweit die Geige das abschätzen konnte, war auch keine Frau in Sicht, die sich in sein Herz stehlen könnte. Da hatte sie, die Geige, ihren festen Platz und würde ihn mit allen Mitteln behaupten. Sie war die einzige Liebe von Alexander Pauly – und so sollte es auch bleiben. Die Geige und der Geiger, das war völlig ausreichend. Es gab keinen Platz für eine dritte Person.

Alexander Pauly arbeitete viel. Ein Termin jagte den anderen. Er war so populär, dass er an drei oder vier Orten gleichzeitig hätte auftreten können. Ihm war bewusst, dass er zu oft auftrat. Aber was sollte er tun? Sein Fehler war es, nicht nein sagen zu können. Und diesen Fehler nutzte sein Manager aus. Einmal hat jedoch auch der größte Workaholic das Bedürfnis nach etwas Ruhe, nach Freizeit und Erholung. Und so legte Alexander Pauly eine einmonatige Konzertpause ein, um einen Urlaub auf Teneriffa zu verbringen. Zwar gab er keine Konzerte, aber selbstverständlich hatte er seine Geige dabei, auf der er täglich spielte. Wenn er an einem Tag etwas weniger übte, bestrafte ihn die Geige am nächsten Tag, indem ihre Töne nicht so rein klangen wie sonst. Pauly blieb nichts anderes übrig, als länger zu üben. Genau das war es, was die Geige erreichen wollte.

Solange es nur Alexander Pauly und seine Geige gab, war alles in Ordnung. Doch das änderte sich eines Tages. Auf einer Party anlässlich des Erscheinens seiner neuen CD mit Mozart-Violinkonzerten lernte Pauly eine bezaubernde junge Journalistin mit Namen Veronica Graham kennen. Da merkte die Geige, dass es in Paulys Herz eng wurde. Sie bewohnte es nicht mehr allein, sondern bekam eine Mitbewohnerin, was ihr gar nicht gefiel. Der Albtraum, den sie seit Jahren hatte, war nun Wirklichkeit geworden. Ihr Bestreben war es nun zu verhindern, dass die Untermieterin noch mehr Wohnraum für sich in Anspruch nahm. Und mehr noch: In Paulys Herz war nur für eine Platz, nämlich für sie, die Geige. Sie musste also so schnell wie möglich erreichen, dass Veronica Graham, die ihrer Meinung nach nur ein Flittchen war, den Mietvertrag für das Herz Paulys kündigen musste.

Nur wie sollte das Unternehmen gelingen? Diese hübsche junge Veronica Graham hatte eindeutig Vorzüge, mit denen die Geige nicht konkurrieren konnte. Andererseits konnte auch sie Alexander Pauly einiges bieten. Durch sie hatte er eine glänzende Karriere gemacht, hatte Erfolg, Ruhm und war reich. Am wichtigsten war jedoch, dass er durch sie seine Liebe zur Musik umsetzen konnte, dass er nur durch sie so spielen konnte, wie er es erstrebte. So standen sich die Liebe zu einer Frau und die Liebe zur Musik gegenüber. Der Wettstreit zwischen diesen verschiedenen Arten der Liebe hatte begonnen. Wie er ausgehen würde war noch unklar. Das hing ganz davon ab, welche Seite von Alexander Pauly stärker ausgeprägt war, der Mann oder der Künstler.

Die Geige hatte sich schon eine Strategie überlegt, wie sie Pauly wieder ganz gewinnen konnte. Zwar konnte sie nicht sprechen, aber sie konnte ihm durch die Musik Zeichen geben, unmissverständliche Zeichen. Einmal riss ihr mitten im Konzert eine Saite. Ein peinlicher Moment für den Künstler, der dieses Zeichen jedoch nicht verstand. Es fiel der Geige schwer, aber jetzt blieb ihr nichts anderes übrig, als verstimmt zu sein. So verstimmt, dass Kritiker und Publikum bald merkten, dass etwas nicht stimmte. Der Stargeiger spielte nicht so wie immer. Der Klang, für den er so berühmt war, kam nicht mehr zustande. Selbstverständlich bemerkte das auch Pauly und zog daraus die Konsequenz, dass er noch mehr auf dem Instrument übte als zuvor. Das war Teil des Plans der Geige gewesen. Er verbrachte endlich wieder so viel Zeit mit ihr wie früher, sogar mehr als je zuvor. Da er mehr Zeit mit ihr verbrachte, blieb weniger Zeit für Veronica Graham, die große Konkurrentin.

Da erkannte Veronica, dass das Leben an der Seite eines Künstlers nicht unbedingt nur Sonnenseiten hatte. Da Pauly so viel übte, hatte er immer weniger Zeit für seine Freundin. Und selbst wenn er Zeit hatte, so war er doch mit seinen Gedanken nicht ganz bei ihr. Ein Teil seiner Gedanken war immer bei der Musik. Es gelang der Geige, ihre Konkurrentin Stück für Stück aus dem Herzen des Geigers zu drängen. Als Veronica Graham eines Tages die Entscheidungsfrage »Ich oder die Musik« stellte, war die Frage im Grunde genommen längst beantwortet. Die Geige hatte gesiegt. Alexander Pauly versuchte den Schmerz der Trennung durch noch mehr Arbeit zu bewältigen. Die Geige half ihm dabei, indem sie schönere Töne von sich gab als je zuvor. Sie war so glücklich, ihn wieder ganz für sich zu haben, dass sie am liebsten von morgens bis abends Freudenlieder gesungen hätte. Natürlich lernte Alexander Pauly neue Frauen kennen, was die Geige auch akzeptierte, solange aus einer Affäre keine Liebe wurde. Da war sie tolerant. Sollte der Geiger doch seinen Spaß haben. Sie war sicher, dass sie seine einzige große Liebe war, gegen die keine Frau ankommen konnte. Eifersucht lohnte sich also nicht.

Alexander Pauly blieb Junggeselle bis zu seinem Tod. An diesem Tag verstummte die Geige für immer.

Ein Brief an den Weihnachtsmann

»Lieber Weihnachtsmann!

Ich heiße Mario Micelli, wie Du sicher weißt. Schließlich kennst Du alle Kinder auf der Welt. Da es nun aber so viele Kinder gibt, möchte ich Dir genauer erklären, wer ich bin. Wie gesagt, ich heiße Mario Micelli und wohne in Italien, genauer in Amalfi, noch genauer in der Via della Torre Nummer 12. Das Haus kannst Du gar nicht übersehen. Es ist weiß verputzt und hat eine knallrote Haustür, an der zur Zeit ein Adventskranz hängt. Außerdem steht die Nummer zwölf ganz groß neben der Haustür an der Wand. Darauf musst Du achten, denn unser Nachbar, Enrico Nono, hat auch ein weißes Haus mit einer roten Tür (er muss uns immer alles nachmachen!). Allerdings steht neben der Tür die Nummer 14. Wenn Du mir also ein Geschenk bringst, darfst Du es auf keinen Fall vor das Haus Nummer 14 stellen, sondern vor die 12. Wie Du sicher weißt, haben wir leider keinen Kamin, durch den Du kommen kannst. Deshalb musst Du die Geschenke vor die Tür stellen. Vielleicht ist Dir das sogar angenehmer, denn viele Kamine sind nicht sauber und außerdem sehr eng.

Mama hat mir zwar erzählt, dass sie meine Wünsche an Dich weiterleitet, aber sie ist oft sehr zerstreut, und ich habe Angst, dass sie es vergessen könnte. Deshalb schreibe ich Dir vorsichtshalber diesen Brief, damit Du ganz genau weißt, was ich mir wünsche. Ich war im vergangenen Jahr brav – was Mama Dir bestätigen kann – und wünsche mir deshalb ein neues Fahrrad, weil mein altes zu klein geworden ist. Ich bin erst sieben und kann nichts dafür, dass ich so schnell wachse. Außerdem wünsche ich mir die neue CD von Madonna. Mein Freund Stefano hat sie schon und sie ist ganz toll. Ein Buch wünsche ich mir auch noch, nämlich ›Der kugelrunde Roberto‹ von Susanna Tamarro. Aber am wichtigsten ist das Fahrrad. Es soll dunkelblau sein wie das Rad von Stefano, mit einem Kilometerzähler und einer besonders lauten Klingel.

Lieber Weihnachtsmann, Du erfüllst mir doch meine Wünsche, oder? Ich wäre sonst ganz traurig, und Weihnachten ist doch das Fest der Freude, an dem man nicht traurig sein darf. So, jetzt muss ich Schluss machen, denn Mama kommt gleich und ich muss ins Bett. Ich wünsche Dir frohe Weihnachten, auch wenn Du so viel arbeiten musst. Aber Du kannst ja danach ein ganzes Jahr ausruhen und Urlaub machen. Bitte denk an das Fahrrad und zieh Dich warm an, damit Du Dir keine Erkältung holst. Es ist immer sehr kalt bei uns an Weihnachten.

Mario Micelli.«

Mario steckte den Brief in ein Kuvert, klebte es zu und schrieb mit einem roten Stift – damit es richtig auffiel – die Adresse auf den Umschlag:»An den Weihnachtsmann. Nordpol.« Dann band er den Brief mit einem Stück Schnur an einen Luftballon, öffnete das Fenster und ließ den Luftballon los. Der rote Luftballon flog hoch hinauf, bis er nicht mehr zu sehen war. Jetzt konnte Mario nur noch hoffen, dass er rechtzeitig vor Weihnachten am Nordpol ankommen würde. Mario wusste, dass seine Eltern kein Geld hatten, um ihm ein neues Fahrrad zu kaufen. Aber das war nicht so schlimm, denn der Weihnachtsmann musste unermessliche Reichtümer besitzen, da er doch alle Kinder auf der großen, weiten Welt beschenken konnte.

Für ihn ist es kein Problem ein neues Fahrrad zu kaufen und dazu noch die CD und das Buch, dachte Mario, der noch einige Minuten am Fenster stand, bis der Luftballon nicht mehr zu sehen war.

Mario hatte Pech. Der Wind wehte aus der falschen Richtung: Der Luftballon flog über ganz Italien und blieb schließlich am Ast eines Apfelbaumes auf Sizilien hängen. Dieser Baum stand im Garten von Signor Bassino, einem netten älteren Herrn von 67 Jahren. Während er beim Frühstück saß, rief ihn seine Frau ans Fenster:

»Schau mal, Vittorio. Da hängt ein Luftballon an unserem Apfelbaum. Ich glaube, ein Brief ist an ihm befestigt. Geh doch mal raus und schau nach.«

Mürrisch schlurfte Signor Bassino zum Fenster. Nicht einmal seine Zeitung konnte er in Ruhe lesen. Wenn er jetzt nicht nach diesem Luftballon sehen würde, hätte er den ganzen Vormittag keine Ruhe mehr. Er kannte schließlich seine Frau. Außerdem musste er sich eingestehen, dass er selbst ein wenig neugierig war. Im Fernsehen hatte er schon Sendungen gesehen, in denen Luftballons mit Karten weggeschickt worden waren. Diejenigen, die sie fanden, konnten etwas gewinnen. Ein Auto, Reisen oder etwas Ähnliches. Vielleicht hatte er etwas gewonnen. Er ging also in den Garten, um nachzuschauen. Da der Luftballon an einem hohen Ast hing, musste er eine kleine Stehleiter aus der Garage holen, bevor er nach dem Brief greifen konnte. Beinahe wäre ihm der Luftballon davongeflogen, doch es gelang ihm gerade noch im rechten Augenblick, den Brief festzuhalten.

»An den Weihnachtsmann. Nordpol«, las Signor Bassino auf dem Umschlag.

Der Brief war offensichtlich nicht für ihn. Kopfschüttelnd ging er zurück ins Haus.

»Ein Hauptgewinn ist das nicht gerade«, stellte er fest, noch bevor er den Brief geöffnet hatte. Scherzend fügte er hinzu: »Eigentlich dürfen wir den Brief gar nicht öffnen. Er ist an den Weihnachtsmann adressiert. Der bin ich nicht und du sicher auch nicht.«

»Nun mach schon auf«, drängte seine Frau dagegen ungeduldig.

Signor Bassino öffnete den Umschlag, setzte seine Lesebrille auf und las vor.

»Was machen wir jetzt damit? Wir können ihn doch nicht einfach wegwerfen«, sagte seine Frau anschließend.

Das alte Ehepaar dachte kurz nach, obwohl ihnen die Antwort auf diese Frage von der ersten Sekunde an klar gewesen war.

Signor Bassino ergriff als Erster das Wort: »Wie wäre es, wenn wir dem Jungen die …«

»… Geschenke kaufen und ihm zuschicken«, unterbrach ihn seine Frau, die denselben Gedanken gehabt hatte.

»Aber wir schreiben dem Jungen nicht, wer wir sind. Er soll ruhig in dem Glauben bleiben, der Weihnachtsmann hätte ihm die Sachen besorgt.«

Voller Begeisterung machten sich die beiden alten Leute an die Ausführung ihres Plans. Da sie selbst keine Kinder und auch sonst keine Verwandten hatten, denen sie etwas zu Weihnachten schenken konnten, machte es ihnen große Freude, ein wunderschönes blaues Fahrrad auszusuchen. Mit einer lauten Klingel und einem Kilometerzähler versteht sich. Auch das Buch war schnell besorgt. Die CD bereitete ihnen allerdings einige Schwierigkeiten. Die Bassinos hatte nicht die geringste Ahnung, wer diese Madonna war. War dies nun ihr Vor- oder Nachname? Und was sang die Frau eigentlich? Geistliche Musik? Würde sich ein Kind so etwas ernsthaft wünschen? Ein freundlicher Verkäufer, der sich bei den Fragen des alten Ehepaars ein Schmunzeln nicht verkneifen konnte, brachte ihnen die gewünschte CD. Damit hatten sie alle Geschenke zusammen. Schnell war alles verpackt. Sie schrieben »Für Mario vom Weihnachtsmann« auf das große Paket und brachten es zur Post. Gerne hätten sie dem kleinen Jungen beim Auspacken zugesehen, aber dieses Glück war ihnen nicht vergönnt. Doch in ihrer Phantasie stellten sie sich Mario vor, einen kleinen Jungen mit pechschwarzen Haaren, braunen Augen und Pausbäckchen. Sie stellten sich vor, wie Mario ungeduldig und mit leuchtenden Augen das Paket öffnete und sofort mit dem neuen Fahrrad ein paar Runden drehte. Allein der Gedanke daran machte die beiden alten Leute glücklich.

Rechtzeitig zu Weihnachten kam das Paket an der Via della Torre Nummer 12 an. Marios Eltern staunten nicht schlecht, als das große Paket als Sonderlieferung für ihren Sohn abgegeben wurde. Mario stand zunächst starr vor Überraschung vor der übergroßen Pappschachtel und las die in großen Lettern geschriebenen Worte.

»Das ist vom Weihnachtsmann!«, rief Mario begeistert und riss das Paket auf.

Das Fahrrad war noch viel schöner, als er es sich in seinen Träumen vorgestellt hatte. Natürlich musste er sofort zu seinem Freund Stefano, um es ihm zu zeigen. Zum ersten Mal freute er sich, dass es keine weißen Weihnachten gab, denn so konnte er mit dem neuen Fahrrad überall hinfahren.

Die Eltern freuten sich mit ihrem Sohn, auch wenn sie sich nicht vorstellen konnten, wer ihm ein so teures Geschenk machen konnte und warum. Sie suchten nach einer Karte oder einem Absender. »Für Mario vom Weihnachtsmann« war das einzige, was sie finden konnten. Und da war noch ein Poststempel, der darauf hindeutete, dass die Sonderlieferung aus Sizilien kam. Davon sagten sie Mario jedoch nichts. Er sollte in dem Glauben bleiben, dass das Paket vom Weihnachtsmann persönlich kam. Auf jeden Fall war es für Mario das schönste Weihnachtsfest, das er je hatte, und die Erinnerung daran erfüllte ihn noch viele Jahre später mit Freude.

Signor Ferzettis Taube

Schon seit vielen Jahren wohnte Signor Ferzetti in Venedig. Zusammen mit seiner Frau hatte er sich einige Zimmer im zweiten Stock eines Hauses in der Calle della Testa gemietet. Seine Frau und er hatten Venedig, diese so eigenartig allen Zeiten entrückte Stadt, geliebt. Gerne schlenderten sie durch die engen Gassen, in deren Gewirr man sich verlaufen konnte. Sie hielten sich abseits von allem touristischen Rummel und entdeckten Tag für Tag neue verborgene Geheimnisse der Stadt. An schönen sonnigen Tagen mieteten sie sich eine Gondel und ließen sich durch einsame Kanäle fahren, ohne dass der Gondoliere aufdringlich italienische Volkslieder sang. Sie liebten die Stadt und blieben doch, obwohl sie schon lange dort lebten, immer Fremde. Freunde hatten sie keine. Sie wollten auch keine haben, denn sie hatten sich und das genügte ihnen vollkommen.

Umso größer war für Signor Ferzetti der Schock gewesen, als seine Frau vor über einem Jahr völlig unerwartet starb und ihn allein zurückließ. Seitdem verkroch sich der alte Mann in seiner Wohnung, die er nur verließ, um Einkäufe zu machen. Er hasste es, allein durch die Gassen von Venedig zu gehen. Die alten Häuser hatten für ihn jeden romantischen Reiz verloren. Der bröckelnde Putz, der Geruch von toten Fischen, stieß ihn ab. Wenn er in diesen Tagen durch die Gassen von Venedig ging, fühlte er sich auf Schritt und Tritt an den Tod erinnert. Schmerzlich war für ihn der Verlust seiner Frau gewesen, noch schmerzlicher war sein eigenes langsames Sterben. Mit dem Diesseits hatte er längst abgeschlossen. Er betete zu Gott, seiner Frau bald nachfolgen zu dürfen, aber er wurde nicht erhört.

Hätte er Freunde gehabt, sie hätten ihm sicher geraten, sich nicht so gehen zu lassen und sich eine Beschäftigung zu suchen. Aber er hatte keine Freunde, die ihm einen Rat erteilen konnten. Signor Ferzetti, der früher ein eleganter und gepflegter Mann gewesen war, legte keinen Wert mehr auf sein Äußeres. Er rasierte sich nur noch selten, trug schmutzige Kleidung und machte einen erbärmlichen, vernachlässigten Eindruck. Hätten seine Frau und er nicht schon seit Jahren eine Haushaltsgehilfin beschäftigt, die zwei Mal in der Woche sauber machte, wäre sicherlich auch die Wohnung heruntergekommen. Die Haushaltsgehilfin Sofia (Signor Ferzetti wusste bis heute ihren Nachnamen nicht) kam jeden Montag und Donnerstag, um sauber zu machen. Sie war eine schweigsame, ordentliche Frau, die pflichtgemäß ihre Arbeit verrichtete und wieder ging. Signor Ferzetti ging ihr aus dem Weg. Sie störte ihn in seiner selbst gewählten Einsamkeit. Jeder andere wäre über ein bisschen Abwechslung froh gewesen.

An einem kühlen Morgen im Herbst stieg Signor Ferzetti mühsam die Treppenstufen hinunter. Er wollte sich Brötchen zum Frühstück und einige andere Kleinigkeiten kaufen. Signor Ferzetti spürte die kalte, feuchte Luft in seinen Knochen. Er beeilte sich, so schnell wie möglich seine Einkäufe zu erledigen. Auf dem Rückweg zu seiner Wohnung hörte er plötzlich ein lautes Kreischen. Es kam aus einer Seitengasse. Neugierig ging der alte Herr näher und sah in einiger Entfernung eine Taube, die von zwei anderen Tauben angegriffen wurde. Die Taube versuchte verzweifelt, sich zu wehren und gab laute Schreie von sich, während die anderen beiden mit ihren spitzen Schnäbeln nach ihr hackten. Signor Ferzetti fragte sich, warum die arme Taube nicht einfach davonflog und ging näher heran. Jetzt erst erkannte er, dass die Taube an einem Flügel verletzt war und sich daher nicht wehren konnte.

So ist es nun einmal in der Natur. Die Schwachen und Kranken bleiben auf der Strecke, dachte der alte Mann, drehte sich um und wollte zu seiner Wohnung zurückkehren. Da hörte er erneut die Schreie der verletzten Taube, die ihn unangenehm berührten.

»Verschwindet!«, rief er, klatschte in die Hände und verscheuchte die beiden Angreifer, die nur widerwillig von ihrem Opfer abließen. Eigentlich hätte er jetzt gehen können, wie er es vorgehabt hatte. Doch irgendetwas hielt ihn zurück. Signor Ferzetti sah die verletzte Taube am Boden liegen. Sie sah ihn an und wimmerte. Es war, als ob sie ihn bitten würde: »Hilf mir!«

Signor Ferzetti schwankte einen Moment. Dann nahm er die Taube in seine Hände und trug sie in seine Wohnung. Dort angekommen sah er sich die Taube genauer an. Unterhalb ihres linken Flügels hatte sie eine blutende Wunde, die der Grund dafür war, dass sie nicht mehr fliegen konnte. Schnell machte Signor Ferzetti aus seinem Küchentisch einen Operationstisch, indem er Tücher ausbreitete und eine Schüssel mit warmem Wasser darauf stellte. Als Erstes musste die Wunde gereinigt werden. Während er dies tat, sprach Signor Ferzetti mit leiser, sanfter Stimme zu der Taube, um sie zu beruhigen. Erstaunlicherweise hielt sie tatsächlich still. Als er die Wunde gesäubert hatte, legte er ihr einen Verband an. Stolz betrachtete der alte Mann sein Werk.

»Jetzt musst du dich schonen und im Handumdrehen bist du wieder gesund«, flüsterte er dem Tier zu, während er den Küchentisch aufräumte.

Damit die Taube bald wieder zu Kräften kam, fütterte Signor Ferzetti sie mit kleinen Weißbrotstückchen, die er zuvor in Milch getunkt hatte. Für die Taube waren die Aufregungen wahrscheinlich doch etwas zu viel gewesen. Nachdem sie einige Brocken gegessen hatte, schlief sie erschöpft ein. Signor Ferzetti nutzte die Zeit, um in einem Tierlexikon, das viele Jahre nutzlos in seinem Bücherregal gestanden hatte, nachzulesen, womit er die Taube sonst noch füttern konnte. Obst hatte er noch zu Hause, Hülsenfrüchte musste er kaufen. Aber das hatte bis morgen Zeit. Der alte Mann setzte sich an den Tisch und beobachtete die schlafende Taube. Sie atmete schwer. Signor Ferzetti hoffte sehr, dass sie durchkommen würde. Er fühlte sich verantwortlich für das Leben des Tieres, obwohl dazu keine Veranlassung bestanden hätte.

Der Taube ging es von Tag zu Tag besser. Signor Ferzetti freute sich, miterleben zu dürfen, wie sie immer kräftiger wurde. Bald würde sie die ersten Flugversuche machen. Und damit rückte der Zeitpunkt näher, an dem sich Signor Ferzetti von dem Vogel trennen musste. Der alte Mann verdrängte den Gedanken an diesen Tag. Die Taube war in den wenigen Tagen, die sie bei ihm war, zu einem treuen Gefährten, zu einem wichtigen Bestandteil seines Lebens geworden. Er sprach mit ihr wie mit einem Menschen, erzählte ihr seine Sorgen und alles, was ihm sonst noch so durch den Kopf ging. Sie hatte seinem Leben wieder einen bescheidenen Inhalt, ja einen Sinn gegeben. Ohne sie wollte er nicht mehr sein. Deshalb beschloss Signor Ferzetti, die Taube zu behalten. Er kaufte sich einen großen Käfig, in den er sie sperrte, wenn er die Fenster zum Lüften öffnete. Sonst konnte sie frei in dem Zimmer umherfliegen.

Den Verband trug die Taube längst nicht mehr. Sie konnte wieder fliegen, doch meistens saß sie am Fenster und starrte in die Ferne. Ihr fröhliches, zufriedenes Gurren war nicht mehr zu hören. Immer wieder sah sie den alten Mann an, als wolle sie ihm sagen: »Bitte lass mich frei!«

Doch Signor Ferzetti merkte nichts von dem Kummer der Taube. Er wunderte sich zwar, dass sie nicht mehr so viel fraß wie sonst, aber das beunruhigte ihn nicht weiter. Das würde schon wieder vergehen.

An einem Mittwoch geschah schließlich das Unglück. Signor Ferzetti war zum Einkaufen gegangen. Die Taube durfte während seiner Abwesenheit im Zimmer herumfliegen, denn er hatte die Fenster vorsorglich geschlossen. Sofia, seine Haushaltsgehilfin, kam eigentlich immer montags und donnerstags, um bei ihm sauber zu machen. Doch diesmal kam sie bereits am Mittwoch, denn sie wollte für einige Tage ihre Schwester in der Schweiz besuchen. Sofia hatte Signor Ferzetti darüber informiert, doch er hatte ihr entweder gar nicht richtig zugehört oder es einfach vergessen. Und so nahm das Unheil seinen Lauf. Die Taube saß still in einer Ecke des Zimmers. Sofia hatte sie nicht bemerkt. Sie öffnete die Fenster, um zu lüften. Auf diesen Augenblick hatte die Taube lange gewartet. So schnell sie konnte, flog sie nach draußen, der Freiheit entgegen. Alles ging so schnell, dass Sofia nichts davon gemerkt hatte.

Als Signor Ferzetti kurze Zeit später nach Hause kam und das offene Fenster sah, wusste er sofort, was geschehen war.

»Wo ist meine Taube?«, schrie er Sofia an, die nur verwirrt mit den Schultern zuckte. Der alte Mann rannte zum Fenster und sah hinaus. Von der Taube war nichts mehr zu sehen. Niedergeschlagen sank er in einen Stuhl. Er war wieder allein. Die wenigen Tage, die er mit der Taube verbracht hatte, waren nur ein kurzes, ein viel zu kurzes Intermezzo gewesen.

Von diesem Tag an konnte man Signor Ferzetti oft am Fenster stehen sehen. Er hoffte, dass seine Taube wieder zu ihm zurückkehren würde, obwohl er wusste, dass dies nicht geschehen würde. Und trotzdem stellte er sich jeden Tag an das Fenster, sah in die Ferne und erinnerte sich an Stunden, in denen er glücklicher gewesen war.

Die Prüfung

Seit fast einer Viertelstunde war ich in der Höhle des Löwen. Der Löwe saß mir genau gegenüber und sah mich mit starren Augen und nicht enden wollendem Lächeln an. Er trug einen altmodischen grauen Anzug, der an der Seite mit weißer Kreide beschmiert war und wohl in den sicherlich zwanzig Jahren, in denen er schon im Besitz des Trägers war, noch nie gebügelt worden war. Mein Gegenüber hatte die grauen Haare gescheitelt und trug eine Brille, durch die seine mich scharf fixierenden Augen noch bedrohlicher wirkten. Der Name des Löwen war Professor Pingsten, ein Professor, der weit über seinen Lehrstuhl hinaus berühmt und berüchtigt war. Ich weiß, sein Name erinnert sehr an Pfingsten, wovon der Professor nichts wissen wollte. Sollte ihn tatsächlich einmal ein Student mit Herr Prof. Pfingsten ansprechen, dann hatte er ein für alle Mal die Gunst des Professors verspielt. Er konnte dann tun, was er wollte, zurück bekam er sie nicht mehr. Da war der Professor nachtragend.

Ich kannte Professor Pingsten seit meinem ersten Semester und konnte ihn nicht leiden. Mein ganzes Studium hindurch hatte ich versucht, einen großen Bogen um seine Seminare und Vorlesungen zu machen, was mir auch recht gut gelungen war. Aber ich hatte die Rechnung ohne den Professor gemacht. Als ich mir die Prüfer für mein mündliches Staatsexamen zusammensuchte, musste ich mit Entsetzen feststellen, dass in Didaktik nur Professor Pingsten in Frage kam. Ich konnte es drehen und wenden, wie ich wollte, jeder Ausweg blieb mir versperrt. Wie sehr wünschte ich mir, dass dieser Kelch an mir vorübergehen würde, doch es bestand nicht ein Funken Hoffnung. Ich musste in diesen Apfel beißen, der nicht nur sauer, sondern bereits faul war.

Und so saß ich an diesem trüben Novembernachmittag im Büro von Professor Pingsten und musste seine Fragen beantworten. Schon die erste Frage war ein Vorgeschmack darauf, wie die Prüfung wohl verlaufen würde.

»Warum haben Sie eigentlich nur diese eine Prüfung bei mir?«, fragte er und sah mir mit seinem hämischen Grinsen fest in die Augen.

Die Wahrheit konnte ich ihm schlecht sagen, deshalb redete ich um die Sache herum. Eigentlich hätte ich ihm ins Gesicht sagen können, dass ich ihn nicht leiden konnte, denn er hatte mich längst durchschaut. Das erkannte ich an dem Funkeln in seinen Augen, das mir zu verstehen gab, dass die nächsten zwanzig Minuten wohl zu den längsten in meinen Leben werden würden. Und so wurde es dann auch. Die Fragen, die auf seine Eröffnung folgten, waren furchtbar. Mit sichtlichem Genuss trieb mich Professor Pingsten immer mehr in die Enge. Es machte ihm offensichtlich Freude, mich wie einen Trottel dastehen zu lassen. Im Grunde genommen hätte er die Prüfung nach ein paar Minuten bereits beenden können, denn es stand fest, dass ich sie nicht bestehen würde. Der Zweitprüfer verzog keine Miene, sondern schrieb seelenruhig die Fragen und meine gestammelten Antworten mit. Hilfe konnte ich von ihm nicht erwarten. Die einzige Hoffnung, die ich hatte, war, dass auch dieses furchtbare Erlebnis einmal ein Ende haben würde.

Vor mir auf dem Tisch standen zwei Tassen mit köstlich duftendem Kaffee, den Professor Pingsten und der Zweitprüfer genüsslich schlürften, während mir mit jeder Frage mehr die Kehle austrocknete. Vielleicht grinste der Professor, der mich irgendwie an die hinterhältige Grinsekatze aus »Alice im Wunderland« erinnerte, nicht nur, weil er mich immer mehr in die Enge trieb, sondern auch, weil er merkte, dass ich durstig war und nichts trinken durfte, obwohl der Kaffee nur wenige Zentimeter von mir entfernt stand. Gerade hatte sich der Professor eine neue Tasse eingeschenkt und griff zu dem mit Blumen bemalten Döschen, in dem sich der Würfelzucker befand, da geschah es. Als der Professor das Deckelchen hob, gab es einen lauten Knall, der alle zusammenzucken ließ. Das Nächste, was ich sah, war eine rote Qualmwolke, die aus der Dose stieg. Ich hörte den Professor husten und schimpfen. Es gab einen ziemlichen Krach. Stühle fielen um, Bücher stürzten aus den Regalen.

Wenn ich nur etwas sehen könnte, dachte ich, aber der rote Qualm war so dicht, dass ich nicht einmal die Hand vor Augen erkennen konnte.

Plötzlich wurde es still. Der rote Qualm verfestigte sich und fiel wie feiner Sand auf den Boden. Was mich am meisten verwunderte war, dass weder von Professor Pingsten noch von dem Zweitprüfer eine Spur zu sehen war. Es war, als hätten sie sich in Luft aufgelöst. Ich hatte keine Ahnung, was ich tun sollte. Hier bleiben wollte ich auf keinen Fall. So beschloss ich einfach zu gehen. Die Prüfung hatte mich wütend gemacht. Ich wollte nur noch das mir so verhasste Büro auf Nimmerwiedersehen verlassen. Sollten doch Pingsten und sein Zweitprüfer machen, was sie wollten. Es hätte mich nur interessiert, wo sich die Feiglinge versteckt hatten. Als ich schon fast die Tür erreicht hatte, fiel mir ein Zettel auf, der vor mir auf dem Boden lag. Es war das Prüfungsprotokoll, das der Zweitprüfer angefertigt hatte. Einen Moment überlegte ich. Wie wäre es, wenn ich einiges abändern oder ergänzen würde? Nein, das würde auffallen. Aber ich konnte den beiden Idioten die Arbeit ein wenig erschweren. Mit einem hämischen Grinsen nahm ich mein Feuerzeug und zündete das Protokoll an. Die Asche rieselte zu Boden und vermischte sich mit dem roten Staub.

So, jetzt können sie das Protokoll so lange suchen, wie sie wollen. Finden werden sie es nicht, dachte ich und ging wieder zur Tür.

Aber erneut wurde ich am Verlassen des Zimmers gehindert. Diesmal war es eine Stimme, die mich zurückhielt. Zwar hatte ich nicht verstanden, was die Stimme sagte, aber ich drehte mich um und betrachtete noch einmal den Raum. Es war niemand zu sehen. Ich musste mich geirrt haben. Doch da ertönte zum zweiten Mal die Stimme. Sie kam aus der Richtung der Zuckerdose. Langsam näherte ich mich der Dose und glaubte meinen Augen nicht zu trauen. In der Dose, neben den Würfelzuckerstückchen, war ein kleiner Mann, der von Kopf bis Fuß rot gefärbt war. Es war Professor Pingsten.

Da hatte ich eine Idee. Ich tat so, als würde ich ihn nicht sehen, obwohl er mit den Armen hin- und herfuchtelte und mit dünner

Stimme rief, um sich bemerkbar zu machen. Stattdessen hob ich seinen Sessel vom Boden auf, setzte mich und schenkte mir eine Tasse Kaffee ein. Genüsslich trank ich einen Schluck.

»Da fehlt noch der Zucker«, sagte ich laut und griff in die Dose.

Der Professor schrie noch lauter mit seinem piepsigen Stimmchen. Diesmal sollte er noch davonkommen, denn ich nahm ein Stück Zucker aus seiner unmittelbaren Umgebung und ließ es in die Tasse fallen. Erneut probierte ich den Kaffee und stellte fest, dass er nicht süß genug war. Zum zweiten Mal langte ich in die Dose. Diesmal jedoch griff ich mir den zappelnden und schreienden Professor Pingsten. Ich tat so, als würde ich gar nicht merken, dass ich kein Würfelzuckerstück, sondern den Professor in der Hand hatte. Er hatte mich in der Prüfung so bloßgestellt und gedemütigt, dass ich immer noch wütend auf ihn war. Eigentlich hatte er es verdient, in den kochend heißen Kaffee geworfen zu werden. Mit einem sadistischen Lächeln im Gesicht hielt ich ihn dicht über die Tasse. Der heiße Dampf stieg auf und verhüllte den zappelnden Mann. Es war so heiß, dass ihm die rote Farbe von den Kleidern und dem Gesicht tropfte. Nachdem ich ihn einige Zeit so gehalten hatte, rief ich scheinbar verwundert aus:

»Was haben wir den da? Professor Pingsten? Nein, das muss ein Irrtum sein.«

»Es ist kein Irrtum. Ich bin es wirklich. Bitte, helfen sie mir!«, rief der kleine Mann verzweifelt.

Ich setzte ihn auf den Tisch, hielt ihn aber immer noch fest umklammert. Die feuchte Farbe verfärbte meine Hand rot und bildete auf dem Schreibtisch einen Fleck.

»Warum sollte ich ausgerechnet Ihnen helfen? Sie haben mir in der Prüfung schließlich auch nicht geholfen, sondern mich in die Irre geführt«, antwortete ich und drückte meine Hand fester zusammen. Der Professor erkannte, dass er vom Regen in die Traufe gekommen war. Deshalb rief er: »Es tut mir Leid, wie ich Sie behandelt habe. Ich verspreche es wieder gutzumachen. Aber dazu müssen Sie mir helfen, meine ursprüngliche Gestalt wiederzuerlangen.«

Das hörte sich nicht schlecht an. Ich hatte den Professor buchstäblich in der Hand. Er musste tun, was ich von ihm verlangte. Und was ich wollte, war eine gute Note. Trotzdem wollte ich ihn noch ein bisschen auf die Folter spannen. Das hatte er verdient. Zwar ließ ich ihn los, aber nur, um im nächsten Moment ein Wasserglas über ihn zu stülpen. Er sollte mir schließlich nicht davonlaufen. Mit seinen kleinen Fäusten trommelte er gegen das Glas.

»Seien Sie doch einen Moment ruhig. Ich muss überlegen«, fuhr ich ihn an.

Er zuckte zusammen und war tatsächlich still. Einige Minuten, die ihm wie eine Ewigkeit vorkommen mussten, wartete ich, bevor ich mich ihm zuwandte.

»Gut, ich helfe Ihnen unter der Bedingung, dass Sie mir eine Eins auf die Prüfung geben«, forderte ich.

»Ja, mir ist alles recht, wenn Sie mir nur helfen«, stimmte der Professor mit flehender Stimme zu.

Nun stellte sich allerdings die Frage, wie ich ihm helfen konnte. Die ganze Situation erschien mir so unwirklich. Wenn mir jemand eine solche Geschichte erzählt hätte, so hätte ich sie nie im Leben geglaubt. Woher sollte ich wissen, wie ich Professor Pingsten helfen konnte?

Einerseits wollte ich nicht gestehen, dass ich keinerlei Ahnung hatte, wie ich den kleinen Mann wieder in seine ursprüngliche Größe bringen konnte, andererseits nutzte mir der Professor gar nichts, solange er so klein war.

»Was muss ich tun, damit Sie wachsen?«, frage ich und befreite den Professor aus seinem Gefängnis, das heißt, ich hob das Glas an.

Professor Pingsten holte tief Luft, bevor er antwortete: »Zunächst brauchen Sie ein Glas Wasser.«

Wozu?, dachte ich, füllte das Glas jedoch mit Leitungswasser. Irgendeinen Grund musste es ja haben. Ich folgte einfach den Anweisungen des Professors, der offensichtlich wusste, was zu tun war. Wenn dann trotzdem etwas schief gehen sollte, dann konnte ich meine Hände in Unschuld waschen.

»Nehmen Sie nun ein Stück Würfelzucker aus der Dose und werfen Sie es in das Glas«, sprach der Professor aufgeregt weiter.

Erneut tat ich, was er verlangte. Das Wasser begann zu schäumen, als hätte ich eine Vitamin-Brausetablette hineingetan. Und nicht nur das, es verfärbte sich auch. Obwohl das Stück Würfelzucker völlig normal ausgesehen hatte, also weiß war, verfärbte sich das Wasser rot.

Der Professor hatte den Vorgang sehr genau beobachtet. Zufrieden nickte er, als er das Ergebnis sah. Er stellte sich in die Mitte des Tisches, breitete seine Arme aus und sagte: »Und nun schütten Sie bitte das Wasser über mich.«

Ungläubig sah ich ihn an. Hatte er das gerade wirklich gesagt? »Ich soll das Wasser über Sie schütten?«, fragte ich vorsichtshalber noch einmal nach.

»Aber ja doch. Beeilen Sie sich«, drängte Professor Pingsten.

Nichts lieber als das, dachte ich und goss das Glas mit der roten Flüssigkeit über den Professor aus. Eine rote Dampfwolke stieg auf und ließ mich zurückweichen. Als sich der Dampf verzogen hatte, konnte ich Professor Pingsten erkennen, klitschnass, aber wieder in seiner alten Größe.

»Danke«, murmelte er, während er sich von Kopf bis Fuß betrachtete, als könne er noch nicht glauben, dass er tatsächlich wieder er selbst und kein Zwerg mehr war. Auch ich konnte nicht glauben, was in den letzten Minuten vorgegangen war. Aber es galt die Situation zu meinen Gunsten auszunutzen.

»Was ist nun mit meiner Note, Herr Professor?«, fragte ich ihn.

»Eine Eins selbstverständlich, was dachten Sie denn?«, antwortete er.

Lächelnd wandte ich mich der Tür zu. Da sah ich den Zweitprüfer mit einem weiteren Mann, den ich nicht kannte, und zwei Frauen, die als Sekretärinnen im Institut arbeiteten, in das Zimmer eilen. Mit weit aufgerissenen Augen betrachteten sie das verwüstete Büro und den klitschnassen Professor. Mit einem Lächeln verließ ich das Zimmer ... und fand mich in meinem Bett wieder! Alles war nur ein Traum gewesen. Die Prüfung hatte noch gar nicht stattgefunden.

Als es dann tatsächlich einige Tage später so weit war, betrat ich das Büro, ohne sonderlich aufgeregt zu sein. Ich sah den Zweitprüfer. Er sah genauso aus wie der aus meinem Traum. Der Professor bat mich Platz zu nehmen. Mein Blick fiel auf den Tisch. Zwei Kaffeetassen und eine Kanne mit frischem, stark duftendem Kaffee standen darauf. Und direkt vor mir stand ein mit Blumen bemaltes Döschen, in dem sich der Würfelzucker befand ...

Das Autogramm des Generals

Seit 36 Jahren beherrschte der General mit eiserner Faust das kleine südamerikanische Land. Als junger dynamischer Reformer war er angetreten, der seinem Volk Wohlstand und Freiheit versprach. Tatsächlich nahm er – nachdem er seine politischen Gegner ausgeschaltet hatte – voller Elan seine Reformen in Angriff. Das Volk wurde mit Segnungen aus der Staatskasse überschüttet, der General von ihm geliebt. Doch eines Tages waren die Staatskassen leer, und der Regen der milden Gaben, der auf das Volk hernieder gegangen war, hörte plötzlich auf. Die groß angekündigten Reformen blieben in den Startlöchern stecken. Der General hatte anderes zu tun, denn es regte sich die Opposition, die ihn absetzen wollte. Das konnte er nicht zulassen, denn er war immer noch fest davon überzeugt, dass nur er allein seinem Volk Glück, Wohlstand und Frieden bringen konnte. Stattdessen hatte er Leid und Armut gebracht, wofür er allerdings das feindliche Ausland, die kapitalistischen Staaten, verantwortlich machte. Viele seiner Gegner gingen in den Untergrund oder ins Exil. Das Volk hielt anfangs noch zu ihm. Der General sprach davon, dass die Krise nur vorübergehend sei. Keine innere Krise, sondern eine von außen verursachte, die auch wieder vergehen würde. Gerne schenkte das Volk ihm Glauben, gerne sah es in ihm seine letzte Hoffnung. Doch diese Hoffnung wurde von Jahr zu Jahr geringer, bis sie fast gänzlich erlosch. Das Volk hatte sich in sein Schicksal gefügt. Es war ein karges Leben gewöhnt und hatte resigniert. Von dem General versprach man sich keine Reformen mehr, die konnten frühestens nach seinem Tod beginnen.

Schon lange war der General nicht mehr der feurige junge Mann von einst. Sein Elan war geschwunden. Nur wenn er seine Reden an das Volk hielt, entflammte noch einmal für kurze Zeit die alte Kraft. Er wusste genau, dass er mit seinen Reden das

Volk in seinen Bann ziehen konnte. Auch wenn er jetzt ein alter Mann von über siebzig Jahren war, der langsam und gebeugt ging, er war immer noch eine charismatische Erscheinung, der mit seinen Reden die Massen verzaubern konnte. Auf dieses Charisma konnte er bauen und auf das Militär, dessen oberster Befehlshaber er immer noch war. Seine Soldaten, denen er immer eine besondere Behandlung einräumte, standen nach wie vor hinter ihm. Sie sicherten seine Macht, auf sie konnte er sich verlassen. Der General regierte schon so lange, dass seine alten Feinde längst gestorben waren und die Jungen in eine Welt geboren wurden, in der es so schien, als wäre der General schon immer da gewesen und würde für immer bleiben. Er war ein Teil dieser Welt, ein wichtiger Teil, den man sich auf keinen Fall wegdenken konnte.

Manuel Ferrer war ein 24-jähriger Mann. Als er geboren wurde, war der General auf dem Höhepunkt seiner Macht gewesen. Bereits als Kind hatte Manuel die Ansprachen des Diktators im Radio gehört, ihn im Fernsehen und auf Plakaten, die in allen Straßen hingen, gesehen. Seine Eltern hatten den jungen Mann bewundert, der nach der Machtergreifung zielstrebig seine Reformen umzusetzen begann. Sie hatten ihn als den Retter ihres Landes angesehen und taten es auch noch, als sich der Misserfolg der Reformen bereits abzuzeichnen begann.

Schon als Kind war Manuel von der Begeisterung für den General angesteckt worden. Er war das Idol des Heranwachsenden. Während sich viele Gleichaltrige für Popstars interessierten und ihre Wände mit Postern der berühmten Sänger und Sängerinnen schmückten, hingen an Manuels Wänden Bilder des Generals. Aufmerksam verfolgte er jede Rede, jeden Zeitungsbericht schnitt er aus und klebte ihn in dicke Fotoalben. Da nahezu jeden Tag Berichte über den General in den Zeitungen zu finden waren, stapelten sich bald die Alben bis an die Decke.

Längst hatten seine Eltern bemerkt, dass der alternde Diktator dem Land wohl doch keine Freiheit und keinen Wohlstand bringen würde. So fiel in den Unterhaltungen bei Familienfesten schon das eine oder andere kritische Wort über den Regierungschef.

Manuel wollte von der Kritik nichts hören. Er sah nur die schillernde Gestalt, die er von Fotos und aus Filmen kannte. In seiner Vorstellung hatten sich all diese Bilder zu einem strahlenden Helden zusammengesetzt, der über allen Dingen stand. Ein Mann ohne Fehl und Tadel. Wenn er seine Freunde etwas Schlechtes über den General sagen hörte, dann machte er dafür nur ihren Neid auf den großen Mann verantwortlich. Wie konnte es auch anders sein? Seiner Meinung nach wollte jeder so sein wie der General, was natürlich unmöglich war. Und wenn sie es dann begriffen, dass sie selbst nur ein Nichts waren, dann versuchten sie, die Taten des Generals herabzusetzen und ihn mit Schmutz zu bewerfen, anstatt diesen außergewöhnlichen Mann nur noch mehr zu achten und zu ehren. Nach einiger Zeit hörte sich Manuel die Kritik zwar noch an, sagte jedoch nichts dazu. Er wollte sich nicht auf das Niveau der rebellischen jungen Leute herablassen und vertraute darauf, dass auch sie eines Tages noch zur Besinnung kommen würden. Denn wie sollte man sich dem Charisma des Generals entziehen können?

Wie groß war Manuels Schock, als eines Tages in den Nachrichten gemeldet wurde, dass ein Anschlag auf den General verübt worden war und er sich im Krankenhaus befand. Sofort rannte Manuel in die Kirche, zündete eine große Kerze an und betete für seinen Helden.

Der General war nicht schwer verletzt worden und konnte schon am nächsten Tag mit verbundenem Arm eine große Rede halten, in der er den Attentätern unerbittliche Verfolgung und Vergeltung androhte. Manuel war von diesem Tag an fest davon überzeugt, dass sein Gebet dem General geholfen hatte, dass das Schicksal des Generals mit seinem eigenen unabänderlich verbunden war.

Eine kleine Enttäuschung musste Manuel aber dann doch erleiden. Lange hatte er gezögert, seinem großen Helden einen Brief zu schreiben und ihn um ein Autogramm zu bitten. Hundertmal hatte er den Brief begonnen, und ebenso oft hatte er ihn wieder verworfen. Er musste glänzend geschrieben sein, denn der Empfänger war nach Manuels Meinung immerhin der brillanteste Kopf seiner Zeit. Eigentlich war er viel zu klein, zu gering, zu unwürdig, um dem großen Mann zu schreiben. Andererseits hatte er mit seinem Gebet dem General das Leben gerettet und somit auch das Recht, den großen Mann um einen kleinen Gefallen zu bitten. Nach langem Hin und Her war der Brief fertig. Manuel steckte ihn in ein Kuvert, schrieb darauf die Anschrift, klebte das Kuvert zu und warf es in den nächsten Briefkasten. In der Nacht wurde er jedoch von Zweifeln geplagt. War sein Brief wirklich perfekt? War es nicht doch ziemlich unverschämt, den General um ein Autogramm zu bitten? Schließlich hatte der genug mit dem Regieren zu tun. Tag und Nacht war er für sein Volk da, hatte nie Urlaub gemacht in den 36 Jahren, die er herrschte. Wenn er tatsächlich einmal Freizeit hatte, dann hatte er jedes Recht, diese zu genießen. Manuel wurde Angst bei dem Gedanken, dass in diese knappe Freizeit sein Brief platzen und den General stören konnte. Gerne hätte er den Brief aus dem Briefkasten geholt, doch dazu war es bereits zu spät. Der Briefkasten war schon geleert worden, der Brief befand sich auf dem Weg zum General.

Dass er den Brief verschickt hatte, war nun nicht mehr rückgängig zu machen. Umso mehr sehnte sich Manuel nach der Antwort. Jeden Tag fragte er den Postboten, ob er einen Brief für ihn dabeihabe, einen Brief vom General. Jeden Tag schüttelte der Postbote den Kopf. Anfangs dachte Manuel, dass der General einfach zu viel zu tun habe und etwas Zeit brauche, um seinen Brief zu beantworten. Dann drängte sich ihm der Verdacht auf, dass der General den Brief nie erhalten hatte. Wer weiß, vielleicht hatte ein fauler Postbeamter ihn weggeworfen, oder ein Beamter im Büro des Generals hatte ihn verschlampt. Es konnte auch ganz anders gewesen sein. Das Autogramm könnte gestohlen worden sein. Wer wollte nicht im Besitz eines so wertvollen Autogramms sein? Natürlich, so musste es gewesen sein. Irgendjemand hatte den Absender auf dem Kuvert gelesen und den Brief heimlich geöffnet. Als er dann das Autogramm des Staatschefs gesehen hatte, konnte er der Versuchung nicht widerstehen und hatte es behalten. So musste es gewesen sein und nicht anders. Darum hatte es auch keinen Sinn, dem General ein weiteres Mal zu schreiben. Unweigerlich wäre auch dieser Brief gestohlen worden. Manuel musste sich wohl damit abfinden, nie in den Besitz des Autogramms zu kommen, nach dem er sich so sehnte.

Doch er konnte sich nicht damit abfinden. Der Gedanke an ein Autogramm des Generals raubte ihm den Schlaf. Wie konnte er es nur anstellen, doch noch das ersehnte Bild mit der Unterschrift zu bekommen? Manuel sah es direkt vor sich, wie es in einem prunkvollen goldenen Rahmen an der Wand über seinem Bett hängen würde, direkt neben dem gekreuzigten Jesus Christus.

In einer dieser schlaflosen Nächte hatte Manuel plötzlich eine Idee, nein, es war mehr als eine Idee. Es war eine Eingebung von einer höheren Instanz. Er sollte sein Autogramm bekommen und noch sehr viel mehr als das. Er sollte den großen General persönlich zu Gesicht bekommen. Von einer Sekunde auf die andere hatte er einen Entschluss getroffen. Er, Manuel Ferrer, wollte sich am Geburtstag des Generals, zu dem immer eine große Militärparade stattfand, von seinem kleinen Dorf in der tiefsten Provinz, das er noch nie verlassen hatte, zur Hauptstadt aufmachen. Dort wollte er sich unter tausende Menschen gesellen, um die Ankunft des Generals abzuwarten. Er konnte die Szene genau vor sich sehen: An den Straßenrändern standen unzählige Menschen, die ihre Sonntagskleidung angezogen hatten, Fahnen schwenkten oder Bilder des Generals in den Händen hielten. Aus allen Häusern hing die Fahne des Landes. Dazwischen konnte man immer wieder Plakate mit dem Gesicht des Generals sehen oder Transparente, auf denen dem Staatschef ein langes Leben gewünscht wurde. Dort in den Straßen wollte Manuel Ferrer jedoch nicht bleiben. Er wollte zum großen Paradeplatz, auf dem wie jedes Jahr eine Ehrentribüne aufgebaut worden war, auf der der General und andere Würdenträger Platz nehmen sollten. Er konnte genau vor sich sehen, wie der General unter großem Jubel im offenen Wagen auf den Platz gefahren wurde. Er hatte seine Paradeuniform an, die ihm prächtig stand, und seine Brust war mit den Orden geschmückt, die er sich in den langen Jahren, die er seinem Vaterland gedient hatte, erworben hatte. Manuel konnte genau sehen, wie sich der General kerzengerade und mit forschem Schritt der Ehrentribüne näherte. In diesem Moment wollte er über die Absperrung springen und zum General rennen, um sich ein Bild signieren zu lassen und ihm zu sagen, wie sehr er ihn aus tiefstem Herzen verehrte. Niemand würde ihn aufhalten, denn der

General würde sofort wissen, wer er war. Er würde den Mann erkennen, durch dessen Gebete er gerettet worden war. Zwar hatte der General den jungen Mann nie zuvor gesehen, doch Manuel war sich sicher, dass er sofort spüren würde, um wen es sich handelte. Der General würde ihm das Autogramm geben, einige Worte mit ihm sprechen und sich mit ihm, dem unbedeutenden jungen Mann aus der Provinz, fotografieren lassen. Ein Bild, das um die Welt gehen würde.

Bereits am nächsten Morgen teilte Manuel seiner Familie den Entschluss mit, zum Geburtstag des Generals in die Hauptstadt zu reisen. Alle wussten, dass es sinnlos gewesen wäre zu versuchen, ihn von diesem Entschluss abzubringen. Immer wieder sah Manuel in seiner Phantasie die Ereignisse jenes Tages, der unweigerlich herannahte, vor sich. Er wusste ganz genau, was geschehen würde, und wollte jeden Augenblick genießen.

Endlich kam der große Tag. Manuels Familie begleitete ihn noch bis zur Bushaltestelle. Aufgeregt stieg er in den Bus, der ihn in die Hauptstadt bringen sollte, und winkte der Familie zu, bis sie längst nicht mehr zu sehen war. Von diesem Moment an vergaß er alles Vergangene und Gegenwärtige. Er sah nicht die Landschaften, die Dörfer und Städte, an denen er vorbeifuhr. Er achtete nicht auf seine Mitreisenden. In seinen Gedanken war er in der Hauptstadt, bei dem General: Wieder reichte ihm der große alte Staatsmann die Hand, sprach mit ihm und ließ sich bereitwillig mit ihm fotografieren. So oft hatte er dieses Bild in den vergangenen Tagen vor sich gesehen. Jetzt würde es nicht einmal mehr 24 Stunden dauern und dieses Bild würde Wirklichkeit sein, kein Produkt seiner Phantasie. Wie lange hatte Manuel auf diesen Augenblick gewartet!

Erst als der Bus die Randbezirke der Hauptstadt erreichte, erwachte er aus seinen Gedanken. Aufmerksam sah er aus dem Fenster. Alles war so, wie er es sich vorgestellt hatte. Als sie sich der Innenstadt näherten, kam es ihm so vor, als wäre er in jenen Straßen aufgewachsen, so vertraut waren sie ihm. Dort waren sie, die Plakate des Generals, die Fahnen des Landes. Menschen waren noch nicht viele zu sehen. Es war mitten in der Nacht. Die Parade würde erst in ungefähr zehn Stunden beginnen. Die letzten Schritte bis zum großen Paradeplatz musste Manuel zu Fuß zurücklegen. Hier hatten sich bereits viele Menschen eingefunden. Sie hatten sich Decken mitgebracht und übernachteten hier, weil sie sich gute Plätze für das große Spektakel sichern wollten. Manuel sah die Stelle, die er in seiner Phantasie gesehen hatte. Sie war tatsächlich noch nicht von einem anderen in Beschlag genommen worden. Das war für ihn das sichere Zeichen dafür, dass sich wirklich alles so ereignen würde, wie er es sich vorgestellt hatte. Er ging an die Stelle, setzte sich auf den Boden und wartete.

Langsam ging die Sonne auf, und mit ihr kamen die Menschen aus ihren Häusern. Schnell füllten sich die Teile des Platzes, die für das Volk bestimmt waren. Jetzt konnte Manuel auch Menschen mit Bildern des Generals sehen. Er hatte sein Bild sorgfältig ausgewählt. Es zeigte den Staatschef in seiner Paradeuniform an seinem 70. Geburtstag. Auf diesem Bild wirkte er wie ein Mann, der seltsamerweise allen Dingen entrückt war und über ihnen stand. Dieses Bild hatte Manuel so gut gefallen, weil der General hier überlebensgroß erschien. Ein wahrer Halbgott, ohne die Gebrechen und altersbedingten Verfallserscheinungen, die ein normaler Mensch mit siebzig gehabt hätte.

Schon kamen die ersten Würdenträger, die Politiker und Militärs, und nahmen auf der Ehrentribüne Platz. Es konnte nicht mehr lange dauern, bis der General höchstpersönlich erscheinen würde. Die große Militärparade sollte wie jedes Jahr pünktlich um elf Uhr beginnen. Der Staatschef traf normalerweise zehn Minuten vorher ein. Kurz nach drei viertel elf fuhr die große Polizeieskorte vor, in deren Mitte sich der Wagen des Generals befand. Obwohl bereits mehrere Anschläge auf ihn verübt worden waren, ließ es sich der alte Mann nicht nehmen, den Jubel der Menge im offenen Wagen entgegenzunehmen. Der Wagen fuhr die Straße entlang auf den großen Paradeplatz. Manuel konnte den General schon sehen, zunächst noch klein und verschwommen, doch dann immer klarer.

Wenige Meter von ihm entfernt blieb der Wagen stehen. Ein Soldat öffnete dem General die Tür und salutierte. Wie in Manuels Vorstellung hatte der General seine prachtvolle Paradeuniform an, und die vielen Orden an seiner Brust waren auf Hochglanz poliert. Mit langsamen Schritten und leicht gebeugt ging der General – von einem Soldaten geleitet – auf die Tribüne zu. Immer wieder blieb er stehen, um dem applaudierenden Volk zuzuwinken. Manuel sah seine Gelegenheit gekommen. Er nahm all seinen Mut zusammen, sprang über die Absperrung und rannte auf den General zu. Zwar hörte er, wie ihm jemand »Halt! Sofort stehen bleiben!« nachrief, doch er ignorierte diesen Ruf. Nichts konnte ihn jetzt noch aufhalten. Er würde das Autogramm seines Helden bekommen, er würde ihm die Hand reichen und mit ihm sprechen. Niemand konnte ihm das jetzt noch verwehren.

Manuel konnte noch sehen, wie sich der General umdrehte und ihn ansah. In den grauen Augen des alten Mannes konnte er jedoch keine Freude erkennen, sondern vielmehr Angst und Hilflosigkeit. Der junge Soldat an seiner Seite stellte sich vor den General, als wolle er ihn schützen.

Aber das ist doch gar nicht nötig, wollte Manuel ihm zurufen. Ich möchte doch nur ein Autogramm des Generals. Doch da war es schon zu spät. Ein Schuss fiel, ein Raunen ging durch die Schaulustigen, dann herrschte für einen Moment Totenstille. Manuel fühlte einen stechenden Schmerz in der Brust und fiel zu Boden. Er streckte die Hand mit dem Foto dem General entgegen, der höchstens fünf Meter von ihm entfernt stand. Das Letzte, was er sah, war das Gesicht des alten Generals, das ängstlich hinter dem jungen Soldaten hervorspähte. Es hatte nichts Würdevolles, Überirdisches an sich, sondern wirkte im Gegenteil sehr menschlich. Vor Manuel stand kein Übermensch, sondern ein alter, gebrechlicher Mann, der Angst vor dem Tod hatte. Als er dies gesehen hatte, schloss Manuel die Augen und starb.

Das Bild des toten Manuel Ferrer ging um die ganze Welt. Überall konnte man den toten jungen Mann sehen, der ein Foto des Generals in der weit ausgestreckten Hand hielt. Manche Nachrichtensprecher und Reporter glaubten ein unerklärliches Lächeln auf dem Gesicht des Toten entdecken zu können. Was dieses Lächeln zu bedeuten hatte, blieb ungeklärt. Zwar gab es viele Spekulationen, aber den wahren Grund nahm Manuel Ferrer als sein letztes Geheimnis mit in sein Grab.

Die letzte Vorlesung

Professor Spranger saß an seinem Schreibtisch und überblickte die Unterlagen vor ihm. Das neue Semester hatte begonnen und mit ihm eine neue Vorlesung, die er in den Ferien vorbereitet hatte. In einer halben Stunde war es so weit. Er würde wieder vor seine Studenten treten, wie er es seit fast vierzig Jahren gewohnt war. Seit er vor nun schon neun Jahren emeritiert wurde, hatte er zunächst noch zwei, die letzten drei Jahre nur noch eine Vorlesung pro Woche gegeben. Diese Vorlesung fand immer am Mittwochnachmittag von 15 bis 17 Uhr in Hörsaal 4 statt. Der Hörsaal war von mittlerer Größe, ungefähr zweihundert Personen konnten in ihm Platz finden. Früher, als er noch die Vorlesungen gehalten hatte, die für die Zwischenprüfung relevant waren, da saßen die Studenten sogar auf der Treppe. Doch in den letzten Jahren hatte die Anzahl der Zuhörer kontinuierlich abgenommen. Professor Spranger störte sich nicht besonders an dieser Tatsache. Er nahm sie hin, was blieb ihm auch anderes übrig. Und er tröstete sich damit, dass sich die Studenten, die jetzt noch zu ihm kamen, wenigstens für das Thema interessierten, anstatt die Vorlesung gelangweilt anzuhören, weil sie für eine Prüfung benötigt wurde.

Professor Spranger hatte lange Jahre den Lehrstuhl für mittelalterliche Geschichte inne. Er hatte nie zu den führenden Historikern seiner Generation gehört. Über die Fachkreise hinaus war er zu keinem Zeitpunkt einem breiteren Publikum bekannt geworden. Manchmal hatte er Kollegen wie Sebastian Haffner oder Golo Mann um ihre Popularität beneidet. Manchmal hatte er sich gewünscht, dass auch sein Wort von einer breiten Öffentlichkeit gehört und anerkannt worden wäre. Doch dann war er auch wieder ganz froh, dass er nie eine Berühmtheit geworden war, sondern zurückgezogen in der kleinen Universitätsstadt leben konnte, ohne dass ständig ein Scheinwerferlicht auf ihn gerichtet war, ohne dass er jedes Wort abwägen musste, weil damit zu rechnen war, dass es abgedruckt wurde. Nein, er war mit dem Leben, das er geführt hatte, zufrieden. Er hatte es in Ruhe seinen Forschungen widmen können. Immer hatte er sich den Randgebieten seiner Wissenschaft gewidmet, den Gebieten, denen nur geringe Aufmerksamkeit zuteil wurde. Unter den Kollegen war er bekannt für die Erforschung der seltsamsten Teilbereiche seines Metiers. Von manch jüngerem Kollegen wurde er sogar hinter seinem Rücken belächelt. Man hielt ihn für einen exzentrischen alten Mann, der nur für seine Forschungen lebte, die ihm viel bedeuteten, der Wissenschaft jedoch keine neuen Anregungen gaben, ja im Grunde genommen fast überflüssig waren.

Eigenbrötlerisch war Professor Spranger in der Tat. Er hatte seine Marotten und Gewohnheiten, für die er in der Universität bekannt war. So schrieb er grundsätzlich die Namen aller Persönlichkeiten, die in seiner Vorlesung vorkamen, an die Tafel. Auch Namen wie Augustinus, den nun wirklich jeder schreiben konnte, waren in dem Gewirr an der Tafel zu finden. Es waren so viele Namen, dass es unmöglich war, noch den Überblick zu behalten. Manche Studenten, die ihn nicht kannten und nach seiner Vorlesung den Hörsaal betraten, starrten ganz verwundert auf die voll geschriebene Tafel und fragten sich, was das nur zu bedeuten hatte.

Berüchtigt war auch Sprangers Einsatz »moderner Medien«, wie zum Beispiel des Overheadprojektors. Obwohl er sich seit Jahren bemühte, dieses Gerät zu benutzen, um seine vorbereiteten Folien an die Wand zu projizieren, stand er immer noch auf Kriegsfuß mit dieser »hochmodernen Erfindung«, wie er sie immer nannte. Eigentlich hatte er noch nie eine Folie auf Anhieb zeigen können. Irgendetwas ging immer schief. Dann drehte und drückte Prof. Spranger alle möglichen Knöpfe, nur nicht den richtigen. Das Licht im Hörsaal wurde heller oder dunkler. Manchmal schaltete er es gleich ganz aus und fand den Schalter nicht mehr, mit dem er es anknipsen konnte. Irgendwann gab der alte Mann schließlich entnervt auf und bedauerte, seine schöne Folie wieder mitnehmen zu müssen. Manchmal hatte auch ein Student

Erbarmen mit dem Professor und half ihm bei der Bedienung des Apparates.

Inzwischen hatte der Professor sein Manuskript geordnet und sah auf die Uhr. Er hatte noch zehn Minuten Zeit. Langsam und schwerfällig erhob er sich aus dem Sessel und wandte sich zum Fenster. Früher hatte er ein großes Büro im oberen Stock und einen herrlichen Blick auf die Stadt gehabt. Oft hatte er am Fenster gestanden und hinausgesehen. Vor allem, wenn er vom Korrigieren der Klausuren und Hausarbeiten erschöpft war oder mündliche Prüfungen anstanden, auf die er nicht die geringste Lust hatte, dann war es dieser Blick auf die Stadt und ihre großartigen Gebäude, der ihm wieder Kraft gab. Heute, nachdem er schon einige Jahre emeritiert war, hatte er ein anderes, ein winzig kleines Zimmer im Erdgeschoss. Zwar hatte dieses Zimmer ein Fenster, doch der Ausblick war nicht überwältigend. Die Sicht wurde ihm versperrt von einem großen Container für Altpapier. Anfangs hatte er sich über diesen erzwungenen Umzug sehr geärgert. Er kam einer Degradierung gleich. Inzwischen war es ihm gleichgültig. Er kam nur noch selten in das Büro. Meist nur vor den Vorlesungen, um sich einen Moment Ruhe zu gönnen und seine Kräfte zu sammeln. Dafür reichte der Raum vollkommen. Nach einem weiteren Blick auf die Uhr stellte Prof. Spranger fest, dass es an der Zeit war zu gehen.

Er nahm sein Manuskript in die Hand und verließ das kleine Büro. Durch die langen, schmucklosen Gänge schlurfte er dem Hörsaal entgegen. Alles sah noch fast genauso aus wie vor dreißig Jahren. Zum ersten Mal in all der Zeit kam ihm der Gedanke, dass man Bilder aufhängen könnte, um das Gebäude etwas freundlicher und ansprechender zu machen. Professor Spranger fragte sich, warum ihn ausgerechnet heute das Universitätsgebäude deprimierte. Hätte er sich im Laufe der Jahrzehnte nicht an den Anblick gewöhnen müssen? Oder war er vielmehr so sehr an ihn gewöhnt gewesen, dass er ihm jetzt zum ersten Mal richtig bewusst wurde?

Er konnte nicht länger über diese Frage nachdenken. Ein Kollege ging an ihm vorbei und grüßte ihn eilig. Gerne wäre er einen Moment stehen geblieben und hätte sich mit dem Mann unterhalten, den er schon lange nicht mehr gesehen hatte. Aber der Kollege war längst um die nächste Ecke gebogen, und er selbst musste schließlich auch zu seiner Vorlesung.

Früher, als Professor Spranger noch nicht emeritiert war, wurde er von seinen Studenten in den Gängen gegrüßt. Manch einer sprach ihn auch an, stellte ihm Fragen zu allen möglichen Themen. Von Zeit zu Zeit hatte er sich darüber geärgert. Er hätte lieber seine Ruhe gehabt und fühlte sich von den Fragen der Studenten belästigt. Heute jedoch hätte er sich darüber gefreut, wenn ihn jemand angesprochen hätte. Die meisten Studenten auf den Gängen beachteten ihn jedoch nicht. Sie hielten ihn für einen der vielen Senioren, die zu ihrem Zeitvertreib Vorlesungen besuchten, entweder weil sie sich weiterbilden wollten und sich für bestimmte Themen interessierten oder auch nur, weil sie gerne mit anderen Menschen zusammenkamen.

Es gab kaum noch einen, der ihn kannte. Wer sollte ihn dann schon grüßen. Wie gesagt war der Besuch seiner Vorlesungen in den letzten Jahren immer mehr zurückgegangen. Es waren mehr Rentner in den Vorlesungen als junge Studenten. Professor Spranger hatte schon den Verdacht, dass man in Seniorenclubs für seine Vorlesungen Werbung machte. Natürlich freute er sich, dass die alten Leute zu ihm kamen. Viel lieber hätte er jedoch die Jugend angesprochen, um sie von dem Wissen profitieren zu lassen, das er in seinem langen Leben angesammelt hatte. Doch die Jugend blieb seinen Veranstaltungen immer mehr fern. Es schien ihm so, als hätte er den Draht zu den anderen Generationen verloren. Er bedauerte das sehr, machte sich jedoch keine Illusionen, dass er dies noch ändern könnte. Wenn der dünne Faden, der die Generationen verband, einmal gerissen war, dann konnte man ihn nicht mehr so ohne weiteres zusammenkleben. Das hatte Professor Spranger längst aufgegeben.

Vor Hörsaal 4 blieb er einen Moment stehen. Er holte tief Luft, straffte sich, öffnete mit einem Ruck die Tür und betrat schnellen Schrittes den Raum. Mit zielsicherem Blick sah er in die Reihen. Vor Schreck wäre ihm fast das Manuskript aus der Hand gefallen. Der Hörsaal war völlig leer. Obwohl ihn der Anblick schockierte, blieb er nicht stehen, sondern setzte seinen Weg zum Pult fort. Dort angekommen nahm er Platz und sah in die leeren Reihen.

Was war hier nur los? Hatte er die Zeit oder den Tag verwechselt? Der alte Mann verglich seine Uhr mit der im Hörsaal. Nein, die Zeit stimmte überein. Im Tag hatte er sich auch nicht geirrt. Es kam zwar gelegentlich vor, dass er etwas vergaß, aber den Termin seiner Vorlesung, die seit Jahren immer mittwochs zur selben Zeit stattfand, den würde er nie vergessen.

Könnte es vielleicht sein, dass das Semester erst eine Woche später begann? Es war schon oft vorgekommen, dass Vorlesungen in der ersten regulären Semesterwoche nicht stattfanden, aus welchen Gründen auch immer. Professor Spranger hatte es immer so gehalten, dass er seine Vorlesungen in der ersten Semesterwoche begann und in der letzten beendete. Dafür wurde er bezahlt, also hielt er sich auch an diese Zeiten. Verzweifelt suchte er einen Grund, der den leeren Hörsaal erklären konnte. Vielleicht hatte man die Zeit seiner Vorlesung oder den Ort geändert und vergessen, ihn zu informieren. Oder man hatte sich im Vorlesungsverzeichnis verdruckt. Das wäre nicht das erste Mal der Fall gewesen. Hastig zog der alte Mann das Vorlesungsverzeichnis aus seiner Aktentasche und blätterte darin, um die Seite zu finden, auf der seine Vorlesung angekündigt wurde. In seiner Aufregung überschlug er sie mehrmals, bis er endlich seinen Namen fand. Mittwoch, 15 bis 17 Uhr, Hörsaal 4, Beginn: 3. Mai. Da stand es nun Schwarz auf Weiß. Heute sollte die Vorlesung beginnen. Er war im richtigen Hörsaal und das zur richtigen Zeit. Wo aber waren die Studenten? Professor Spranger konnte sich ihr Fernbleiben nicht erklären. War vielleicht ein Streik ausgerufen worden, wie vor einigen Jahren? Nein, auch das konnte Professor Spranger ausschließen. Er hatte an diesem Vormittag die Zeitung gelesen und auf dem Weg zur Universität im Auto die Nachrichten gehört. Ein Studentenstreik war mit keinem Wort erwähnt worden. Aber wo waren die Studenten? Es musste doch eine Erklärung geben. Der alte Mann zermarterte sich den Kopf, ohne einen Grund für den leeren Hörsaal zu finden. Ein Scherz vielleicht. Nein, das war in der heutigen Zeit undenkbar. Früher waren die Studenten rebellischer und spielten einem Dozenten durchaus einmal Streiche. Heute dagegen legten die Studenten eine Konsumentenmentalität an den Tag, die Professor Spranger nicht gefiel. Widerspruch war kaum zu erwarten, selbst wenn er die provokanteste These vortrug. Er hatte immer den Eindruck, dass die Studenten dachten: Lass den da vorne einfach reden. In Prüfungen sagten sie das, was der Professor hören wollte und vergaßen es dann wieder. Warum sollten sie diese Strategie ändern, wenn sie damit Erfolg hatten?

Ein Scherz war es also auch nicht. Aber was war es dann? Mühsam erhob sich Professor Spranger vom Stuhl. Noch einmal sah er in die leeren Reihen vor sich. Plötzlich wurde ihm übel. Er ging zum Waschbecken, ließ sich kaltes Wasser über die Hände laufen und betupfte damit Wangen und Stirn. Als er aufblickte, sah er in den Spiegel. Er zeigte das Gesicht eines alten Mannes. Schlagartig wurde ihm der Grund für den leeren Hörsaal bewusst. Alle möglichen Ursachen hatte er vermutet, ohne auch nur einen Gedanken daran zu verschwenden, dass er selbst schuld an dem Zustand sein könnte. Er hatte den Fehler gemacht, Vorlesungen über Themen zu halten, die keinen interessierten. Sicher gab es außer ihm nicht viele, die sich mit der Regierungszeit von Dimitrij Donskoj, dem Großfürsten von Moskau, beschäftigten oder mit der Geschichte des Adelsgeschlechts der della Scala in Verona. Wenn selbst seine Kollegen sich nicht damit auseinander setzten, wie konnte er das von Studenten erwarten, die sich Wissen für ihre Prüfungen aneignen mussten? Die darüber hinaus Vorlesungen besuchten, mit deren Inhalten sie eventuell im späteren Berufsleben noch etwas anfangen konnten. Professor Spranger musste sich den Vorwurf machen, seine eigenen Interessen auf Kosten der Wünsche und Bedürfnisse der Studenten in den Vordergrund gerückt zu haben. Dafür hatte er jetzt die Quittung bekommen. Zu recht, wie er sich eingestehen musste. Im Grunde genommen war es ein Wunder, dass es nicht schon viel früher so gekommen war.

Aber hätte es etwas geändert, wenn er Vorlesungen über die Kreuzzüge, über Karl den Großen oder andere Themen gehalten hätte, die auch die breite Masse beschäftigten und aus denen man mit Gewinn gehen konnte? Wahrscheinlich nicht. Andere Kollegen hatten sich der neuen Zeit angepasst. Professor Spranger dagegen war immer der Alte geblieben. Ein Relikt einer untergegangenen Zeit. Auch wenn er sich jetzt noch bemühen würde, auf den Wagen des Fortschritts aufzuspringen, war es für ihn zu spät. Der Zug war längst abgefahren.

Müde nahm der alte Professor sein Manuskript in die Hand. Er blätterte planlos in den Seiten herum. Plötzlich ging er an das Stehpult. Er drehte das Mikrophon nach unten, wie er es immer getan hatte. Nie hatte er sich auf moderne technische Hilfsmittel verlassen. Stattdessen vertraute er seiner Stimme, die kräftig genug war, um bis in den äußersten Winkel des Hörsaals zu dringen.

Lange sah er in die leeren Reihen, bevor er mit lauter und fester Stimme seinen Vortrag begann, genau so, wie er es geplant hatte. Schon bald hatte er sich so in seine Worte vertieft, dass er vergessen hatte, dass er allein in dem großen Hörsaal war. Alles um ihn herum war vergessen, der Ort und die Zeit. Nur er und seine Worte waren dort. Als die letzten Worte verklungen waren, war ihm so, als hörte er den Applaus der Studenten, die mit ihren Händen auf die Holztischchen klopften wie unzählige Male zuvor. Aber da war nichts. Nur Stille, absolute Stille.

Professor Spranger nahm sein Manuskript in die Hand und ging. Als er hinter sich die Tür schloss, blickte er nicht noch einmal zurück. Das war also seine letzte Vorlesung gewesen, das Ende einer langen akademischen Karriere. Er hatte es sich anders vorgestellt, aber nun ließ es sich nicht mehr ändern.

Als er langsam zu seinem Auto ging, fragte sich Professor Spranger, was nun kommen würde. Was sollte er mit dem Rest seines Lebens anfangen? Er hatte nie etwas anderes gekannt als seine Arbeit. Aber vielleicht war es noch nicht zu spät, etwas Neues anzufangen. Dinge, für die er nie Zeit gehabt hatte, die er immer wieder auf später verschoben hatte. Es war gleichgültig, was es sein würde, Hauptsache es war etwas Neues. Professor Spranger stieg in sein Auto, schloss die Tür und fuhr nach Hause.

Der Hoffnungsbote

Da lag ich nun im Krankenbett und starrte die helle Wand an. Das Krankenzimmer, in dem ich allein lag, sah alles andere als freundlich aus. Nur ein Blumenstrauß und ein nicht besonders gelungenes Aquarell an der Wand trugen dazu bei, die triste Atmosphäre ein wenig aufzuheitern. So hatte ich mir das alles nicht vorgestellt.

Vor drei Tagen war ich ins Krankenhaus gekommen. Zum ersten Mal in meinem Leben betrat ich das Gebäude als Patient. Eine ungewöhnliche Rolle, an die ich mich erst gewöhnen musste. Selbstverständlich wusste ich, dass ich krank war und mich einer schweren Operation unterziehen musste. Nur fühlte ich mich nicht so. Ich fühlte mich fit wie immer. Auf der Stelle hätte ich durch den Park joggen können, ohne auch nur die geringsten Schmerzen zu haben. Da war nichts. Keine Schmerzen, keine Schwäche, keine Müdigkeit. Stattdessen Arbeit, die liegen geblieben war, und vor allem Pläne, unzählige Pläne für die Zukunft. Um diese Pläne noch in die Tat umsetzen zu können, um aus Träumen Wirklichkeit zu machen, hatte ich mich zu der Operation entschlossen, die – wie ich hoffte – aus meiner Erkrankung bald ein unerfreuliches, jedoch überstandenes Kapitel meiner Vergangenheit machen würde.

So hatte ich mir das vorgestellt – und mich gründlich verrechnet. Drei Tage nach der Operation lag ich im Krankenbett, unfähig mich zu bewegen, selbst bei den kleinsten Verrichtungen auf fremde Hilfe angewiesen. Ich war angeschlossen an alle möglichen Schläuche und Geräte. Dort hing ein Beutel für das Wundwasser, dort einer für den Urin, und daneben waren an einem Ständer verschiedene Infusionen angebracht. An Essen war nicht zu denken, was nicht weiter schlimm war, denn ich verspürte kein Hungergefühl. Dafür waren mein Mund und meine Kehle staubtrocken. Einen ganzen Liter Wasser hätte ich auf einmal herunterstürzen können. Doch stattdessen bekam ich feuchte Stäbchen, die einen eigenartigen Geschmack hatten. War es Himbeere oder doch etwas anderes? So sicher war ich mir nicht.

Vor ein paar Tagen hatte ich noch einen langen Einkaufsbummel in der Stadt gemacht, war die Treppe wie immer hochgerannt, indem ich zwei Stufen auf einmal nahm und konnte laufen ohne die geringsten Anzeichen von Erschöpfung. Das alles kam mir nun so unendlich weit entfernt vor. Ohne Hilfe hätte ich nicht einmal ein Bein aus dem Bett heben können. An eigenständiges Gehen – und sei es auch nur für fünf Meter – war nicht zu denken. Für alles brauchte ich jemanden, der mir half. Selbst das Klingeln nach der Krankenschwester war eine Anstrengung. Und wenn sie dann kam, nach einer Ewigkeit wie mir schien, und mit einem grantigen Gesicht, dann hätte ich sie am liebsten wieder weggeschickt. Doch mir blieb nichts anderes übrig, als mir von ihr helfen zu lassen, denn da war niemand sonst, der es getan hätte. Und am Ende musste ich gezwungenermaßen auch noch Danke sagen, obwohl ich die Schwester vor lauter Wut am liebsten aus dem Zimmer geworfen hätte.

Zum Glück war ich durch die vielen Medikamente müde und schlief öfter ein. Wenn ich allerdings wach war, vergingen Minuten wie Stunden. Ich starrte an die Decke, die ich inzwischen in- und auswendig kannte. Jeden Fleck hatte ich entdeckt. Na ja, vielleicht nicht jeden, denn durch die Medikamente konnte ich nicht richtig scharf sehen. Nur wenige Meter von mir entfernt lag ein Buch. Ich wusste, wie es hieß, denn ich selbst hatte es mit in die Klinik genommen. Aber ich war nicht im Stande, die groß gedruckten Buchstaben zu lesen. Die Welt um mich herum war nur durch einen Schleier wahrnehmbar.

Während ich also unbeweglich in dem Bett lag und an die Decke starrte, gingen mir alle möglichen Gedanken durch den Kopf. Keine schönen Gedanken. Immer wieder erinnerte ich mich daran, wie es war, gesund zu sein. Ich konnte nicht begreifen, dass ich noch vor zwei Wochen in Berlin war, dort im Zoo spazieren gegangen war und mir im Theater eine Boulevardkomödie angesehen hatte. Mir kam es vor, als wäre das schon Monate her. Andererseits dachte ich immer wieder: Wirst du jemals in der Lage sein, so etwas erneut zu erleben?

Gut, die Ärzte behaupteten, dass ich bald das Bett verlassen, wieder richtig laufen und sogar in nur zehn Tagen entlassen werden könnte. Aber Ärzte behaupten viel. Wer sagte mir, dass sie mich nicht anlogen? Wer wusste schon, welche Komplikationen noch auftreten konnten? Während ich in dem Bett lag, bildete ich mir ein, dass alles nie mehr so sein würde wie vorher. Ja, ich bildete mir ein, für immer ein menschenunwürdiges Leben führen zu müssen und bereute sogar, meine Zustimmung zu der Operation gegeben zu haben.

Besonders deprimiert war ich, wenn ich meinen Kopf zur Seite drehte und aus dem Fenster sah. Mein Zimmer war im Erdgeschoss, sodass ich auf eine herrliche Wiese blicken konnte. Sie leuchtete in einem saftigen Grün, Blumen blühten auf ihr in den verschiedensten Farben. Ich war immer ein »Sonnenanbeter« gewesen. Ausgerechnet jetzt schien die Sonne schon seit Tagen, ohne auch nur von einem Wölkchen getrübt zu sein. Man hatte mir gesagt, dass es richtig heiß war. Über dreißig Grad. Im Zimmer spürte ich nichts davon. Ganz im Gegenteil, ich fror und hätte am liebsten meine dickste Winterjacke angezogen. Als ich dann auch noch Spaziergänger lachend an meinem Fenster vorbeigehen sah und Kinder, die fröhlich auf der Wiese Ball spielten, verschwommen wahrnahm, hätte ich vor lauter Zorn schreien oder heulen können. Die Welt da draußen erschien mir als das Paradies, während ich zwar nicht in der Hölle, aber doch in einem eisig kalten Fegefeuer lag. Gerade einmal vier Schritte waren es bis zum Fenster. Vier Schritte. Es hätten genauso gut hunderte von Kilometern sein können, für mich war es einerlei. Auch wenn ich mich noch so sehr angestrengt hätte, ich hätte diese vier Schritte zum Fenster nicht zurücklegen können. Mir blieb nichts anderes übrig, als mich mit der Rolle des Zuschauers zu begnügen. Ein Zuschauer, vor dessen Augen sich alle Freuden des Lebens abspielten, der scheinbar nur den Arm auszustrecken brauchte – und dennoch nicht daran teilhaben konnte. Vielleicht war es doch nicht nur das Fegefeuer, in dem ich mich befand, sondern die leibhaftige Hölle.

Trübe waren die Gedanken, die mir immer wieder durch den Kopf gingen. Ich war so sehr mit mir selbst beschäftigt, dass ich zunächst gar nicht bemerkte, dass ich einen unangemeldeten und überraschenden Besuch bekommen hatte. Plötzlich hörte ich ein nahes Zwitschern. Mühsam sah ich mich um. Da entdeckte ich auf dem Nachttisch einen kleinen Spatz, der mich frech ansah. Den Kopf bewegte er hastig in die eine und die andere Richtung ohne mich aus den Augen zu lassen. Ich hatte den Eindruck, er schätzte gerade ab, was er von der Situation zu halten hatte. Was war das für einer, der da vor ihm im Bett lag? War er gefährlich oder harmlos? Der Spatz schien nach einigem Überlegen zu dem Schluss gekommen zu sein, dass ich harmlos war – und damit hatte er völlig Recht. Ich hätte ihn nicht verscheuchen können, selbst wenn ich gewollt hätte. Mit einer schnellen Bewegung hüpfte er auf meine Bettdecke. Der Vogel und ich sahen uns fest in die Augen. Ich habe keine Ahnung, wie lange das so ging. Jedenfalls hüpfte der kleine Spatz immer näher an mein Gesicht heran, bis er schließlich sitzen blieb und zu zwitschern begann. Aufmerksam hörte ich ihm zu.

Er singt für mich. Ganz allein für mich, ging es mir durch den Kopf, obwohl ich es besser hätte wissen müssen. Aber die Vorstellung, dass der Vogel für mich sang, gefiel mir. Es kam mir so vor, als wäre mit dem Spatz ein Stück des Lebens, an dem ich zur Zeit nicht teilnehmen konnte, von draußen an mein Krankenbett gekommen. Der Spatz zwitscherte ohne Unterlass, wobei er den Kopf hin- und herbewegte und mich keine Sekunde aus den Augen ließ.

»Was willst du mir sagen, kleiner Vogel?«, flüsterte ich. »Wie schön wäre es, wenn ich deinen Gesang verstehen könnte.«

Da hörte er plötzlich auf zu singen und flog mit einem Ruck in die Luft. Mehrmals drehte er Kreise über meinem Bett, bevor er sich auf das Fensterbrett setzte und mich erneut ansah. In diesem Moment hatte ich verstanden, was mir der Vogel sagen wollte. Ich lächelte ihn an und flüsterte: »Danke!«

Der Spatz nickte, als wolle er mir sagen: «Das war doch selbstverständlich. Mach's gut und lass den Kopf nicht hängen.«

Dann flog er nach draußen. Ich blickte ihm nach, solange ich konnte und bis er als ein kleiner schwarzer Punkt am Horizont verschwunden war.

Als wenig später mein Arzt das Zimmer betrat, hatte er einen anderen Patienten vor sich. Keinen, der in Selbstmitleid zerfloss, sondern einen, der fragte: »Wann werde ich endlich entlassen? Es gibt so vieles zu tun. Das Leben ist zu schön, um ewig hier im Bett zu liegen.« Ich schmiedete wieder Pläne, dachte an die Zeit nach dem Krankenhausaufenthalt und an das, was ich dann alles machen wollte. Von diesem Moment an ging es mit meiner Genesung bergauf. Zu verdanken hatte ich das keinem anderen als einem kleinen Spatz.

Das leere Blatt

Immer wieder hatte ich von Schriftstellern und ihrer Angst vor dem leeren Blatt, der Schwierigkeit ein neues Werk zu beginnen, gelesen. Anschaulich hatten die großen Autoren der Vergangenheit und Gegenwart ihre Bemühungen um das erste Wort, den ersten Satz, beschrieben. Dieser erste Satz, der den Tonfall des neuen Buches vorgab, war der schwierigste von allen. Wenn er misslang, konnte das ganze Werk misslingen. Der Ton musste getroffen und beibehalten werden. Tage- und nächtelang grübelten schon unzählige Autoren über diesen ersten Satz, schrieben manchmal ein paar Worte auf das leere Blatt, um es im nächsten Moment zu zerknüllen und wegzuwerfen. Und da lag es wieder: ein neues leeres Blatt, das den Autor anstarrte und herausforderte, ja manchmal hämisch angrinste, als wolle es ihn an seine Unfähigkeit erinnern.

Ich muss gestehen, dass ich den Erzählungen von den Schrecken des leeren Blattes meist skeptisch gegenüberstand. Hatten die Autoren nun wirklich eine Schreibblockade, oder war die wortreiche Beschreibung ihrer fürchterlichen Qualen nur ein Trick, um über den wahren Grund ihrer ins Stocken geratenen literarischen Produktion hinwegzutäuschen, der da lautet Faulheit? Konnte es nicht sein, dass ein Autor mehrerer Bestseller, die ihn viel Kraft gekostet hatten, einfach keine Lust verspürte, ein neues Werk in Angriff zu nehmen? Sicherlich war es viel angenehmer, in der Sonne Kaliforniens auszuspannen, ein gern gesehener Gast auf Partys und Galas zu sein und – wenn man die Scheinwerfer vermisste – den einen oder anderen Vortrag zu halten oder ein Interview zu geben. In diesem Interview konnte man dann über das schwere Leben eines Bestsellerautors reden, von dem die Leser ein neues Buch erwarteten, der aber gerade durch diesen Erwartungsdruck in eine psychische Krise geraten war und deshalb keine Zeile mehr schreiben konnte. Natürlich machte der Autor gerade eine Psychoanalyse, die aber noch keine Früchte getragen hatte. Aber er verspreche den Lesern, sich weiter anzustrengen, nicht aufzugeben, damit sein hoch geehrtes Publikum so bald wie möglich ein neues Werk von ihm in Händen halten könne. Sprach's und begab sich zurück in seine Villa, um ein Sonnenbad zu nehmen und von Zeit zu Zeit in seinem großen Swimmingpool eine Runde zu drehen.

Wie gesagt waren mir Berichte von Schreibhemmungen immer ein wenig suspekt. Vielleicht auch deshalb, weil ich selbst nie ein derartiges Erlebnis hatte und mich auch nicht davor fürchtete, weil es mir völlig abwegig erschien. Und so dachte ich mir auch nichts dabei, als ich mich eines Morgens wie gewöhnlich an meinen Schreibtisch setzte, um eine oder mehrere Seiten eines neuen Werkes zu Papier zu bringen. Vor zwei Tagen hatte ich einen Essay zu Ende gebracht und wollte mich nun einer neuen Novelle widmen. Der Computer war angeschaltet, der leere Bildschirm flimmerte vor mir und wartete darauf beschrieben zu werden. Plötzlich merkte ich, dass ich in der Tat kein Thema hatte, das ich verwerten konnte. Es gab nichts, was mich in diesem Moment so sehr bewegte, dass ich darüber eine Geschichte hätte schreiben können. Nun, das beunruhigte mich nicht weiter. Für was hatte ich mein prall gefülltes Notizbuch, in das ich spontane Einfälle hineinschrieb, um sie später einmal zu verwenden. In diesem Buch standen so viele Themen, dass bestimmt eines dabei sein würde, zu dem mir etwas Neues einfallen würde. Wenn das erste Wort dann geschrieben war, ging es fast von alleine. Aber noch war es nicht geschrieben, noch immer fehlte der Gegenstand.

Langsam blätterte ich die Seiten des Notizbuches durch. »Die letzte Vorlesung« las ich da auf einer Seite, nichts weiter. Ich hatte keine Ahnung, was das bedeuten sollte. Irgendetwas hatte ich mir damals dabei gedacht, als ich die Worte in das Notizbuch geschrieben hatte. Damals hätte ich sicherlich aus diesen drei Worten etwas machen können, doch jetzt hatte ich nicht die Spur einer Ahnung, was sie bedeuten sollten. Hätte ich doch nur ein paar Anmerkungen zu dieser Überschrift gemacht. Aber da stand leider nichts. Die letzte Vorlesung. Das hatte auf jeden Fall etwas mit Abschied zu tun. Hatte ich vielleicht an einen alten Schriftsteller gedacht, der noch einmal vor sein Publikum tritt, um aus seinen Werken zu lesen und seine Karriere zu beenden? Dieser Schriftsteller könnte bei der Lesung einen Herzinfarkt bekommen und vor seinem Tod noch einmal sein Leben an sich vorüberziehen sehen. Das wäre eine sehr dramatische Geschichte, in die man große Effekte und Gefühle einbauen könnte. Andererseits musste der Schriftsteller nicht gleich sterben. Er könnte auch eine Lesung halten wollen, dann jedoch vor einem leeren Saal sitzen und beschließen, das Schreiben endgültig an den Nagel zu hängen. Vielleicht hatte ich bei dieser Überschrift auch an Sciencefiction gedacht. Vielleicht würde es in ferner oder schon naher Zukunft keine Vorlesungen an Universitäten mehr geben. Statt zu den Vorträgen in Hörsäle kommen zu müssen, konnten die Studenten in Zukunft in ihren Betten liegen bleiben. Die Informationen würde man sich dann mittels modernster Geräte im Schlaf einprägen. Möglicherweise hatte ich daran gedacht, diese letzte Vorlesung im alten Stil zu schildern, bevor diese Art des Unterrichts der Vergessenheit anheim fallen würde. Diese Möglichkeiten hörten sich beide sehr negativ und deprimierend an. Etwas Positiveres konnte doch auch hinter den drei Worten stecken. Vielleicht durfte man sie nicht so wörtlich nehmen.

Mir fielen plötzlich die arabischen Geschichtenerzähler ein, die früher von Café zu Café gezogen waren und die Gäste mit ihren Geschichten unterhalten haben, bis dann das Radio seinen Siegeszug auch durch die arabische Welt hielt und Geschichtenerzähler nicht mehr gebraucht wurden. Ein solcher Geschichtenerzähler, ein berühmter und gefeierter Mann, könnte angesichts des nicht aufzuhaltenden technischen Fortschritts den Entschluss gefasst haben, ein letztes Mal eine Geschichte vorzutragen, um sich dann für immer zu verabschieden. Doch die Reaktion des Publikums war so enthusiastisch, dass er seinen Entschluss noch einmal aufschob. Gut, hierbei handelte es sich nicht um eine Vorlesung, sondern um einen Vortrag, aber es wäre auch eine Möglichkeit. Kurz: Ich wusste nicht mehr, was sich hinter der von mir notierten Überschrift verbarg. Zwar hatte ich einige Ideen, doch die bewegten mich nicht so, dass ich sie niederschreiben musste.

Deshalb blätterte ich weiter in meinem Notizbuch. Ärgerlicherweise interessierten mich die meisten Themen, zu denen ich mir Notizen gemacht hatte, im Moment nicht. Zwar waren durchaus gute Ideen dabei, nur reizte es mich zu diesem Zeitpunkt nicht, etwas daraus zu machen. Später vielleicht, nein bestimmt sogar. Aber jetzt nicht.

Zornig wurde ich, als ich handschriftliche Bemerkungen fand, die ich nicht lesen konnte. Die hatte ich bestimmt in einem fahrenden Zug geschrieben. Oder in einer Nacht, gerade aus einem Traum erwacht und so müde, dass die Hand nur unsicher über das Papier gleiten konnte. Wie auch immer, einige Notizen waren so schlampig geschrieben, dass sie nicht zu entziffern waren und folglich mit ihnen nichts mehr anzufangen war. Diese Seiten riss ich aus dem Notizbuch und warf sie weg.

Immer weiter blätterte ich und las, was in dem Büchlein stand. »Alter Diktator – Fan – Autogramm – Missverständnis – Schuss – Desillusionierung – Tod«, murmelte ich.

Das nutzte mir auch nichts, denn zu diesen Stichworten hatte ich schon eine Erzählung geschrieben. Also konnte ich auch diese Seite durchstreichen.

Plötzlich blieben meine Augen an einigen Worten hängen: »William S. Burroughs und Timothy Leary treffen sich nach ihrem Tod und führen ein Gespräch miteinander.«

Diese Idee gefiel mir. Daraus konnte man etwas machen. Allein die Situation war bizarr und eröffnete viele Möglichkeiten. Zu diesem Thema würde mir bestimmt Einiges einfallen. Mit neuem Elan setzte ich mich vor den Computer, um endlich anzufangen. Die Suche nach einem Thema hatte mich ziemlich genervt. Normalerweise setzte ich mich immer an den Computer und wusste, was ich als Nächstes schreiben würde. Diese lange Suche war für mich ungewohnt, aber nun hatte ich schließlich das Thema und es konnte beginnen.

Die Erzählung sollte also im Jenseits spielen. Wie sollte dieses Jenseits aussehen? Die beiden Schriftsteller auf eine Wolke zu setzen, erschien mir ziemlich albern. Da würde es schon eher passen, wenn sie sich in einer schäbigen Absteige, einer richtigen Drogenhöhle treffen würden. Oder vielleicht in einem Ambiente, das man bei den beiden Skandalautoren nicht unbedingt erwarten würde – einen prunkvollen Palast mit Marmortreppen, schweren Kristall-Lüstern und vergoldeten Türgriffen. Sollte man die beiden in einer Hölle oder im Himmel wiederfinden? Offene Fragen gab es genug. Nur Eines stand für mich fest, nämlich der Tag, an dem das Gespräch stattfinden sollte. Am 3. August 1997, dem Todestag von William S. Burroughs, sollten sie sich treffen.

Eine weitere Frage wartete darauf, beantwortet zu werden, die wichtigste Frage überhaupt. Worüber sollten sich die beiden unterhalten? Sollte es ein ernsthaftes Philosophieren oder eher eine Satire werden? Leary könnte den »Neuankömmling« über die Gepflogenheiten im Jenseits aufklären, was der Geschichte sicherlich einen eher humorvollen Ton geben würde. Sie könnten sich auch über ihr Leben und ihr erhofftes Nachleben unterhalten, über Kollegen lästern oder die Werke des anderen kritisieren, was am Ende zu einem erbitterten Streit und einem Abschied im Zorn führen könnte.

Möglichkeiten, eine Erzählung zu diesem Thema zu schreiben, gab es also genug. Nur konnte ich mich nicht für eine der Varianten entscheiden. Ich vertraute darauf, dass die Figuren nach den ersten Sätzen ein Eigenleben entwickeln würden und sich die Erzählung dann regelrecht von selbst schrieb. So war es mir zuvor schon öfters gegangen. Es war, als würden die erfundenen Figuren schon bald zum Leben erwachen und den Gang der Handlung in die eigene Hand nehmen. Der Schriftsteller konnte widersprechen und diskutieren, doch hatte dieser Widerstand letzten Endes keinen Zweck. Die einmal zum Leben erwachten Personen waren stärker. Sie hatten die Macht, dem Autor ihre Geschichte zu diktieren, und ihm blieb nichts anderes übrig, als seinen Stift zu nehmen und das zu Papier zu bringen, was sie ihm sagten.

Noch einmal holte ich tief Luft und legte meine Hände auf die Tastatur, um den ersten Satz zu schreiben.

»William S. Burroughs starb am 3. August 1997 im Alter von 83 Jahren.«

Nein, das war kein guter Anfang. Das hörte sich an wie die Überschrift eines Nachrufes in der Regionalzeitung. Wenn die Geschichte so begann, würde der Leser einen trockenen Bericht mit biographischen Daten erwarten und vielleicht, nein wahrscheinlich, gar nicht weiterlesen. Ich löschte die Zeile und machte einen zweiten Versuch.

»Der 3. August 1997 war ein strahlender Sommertag wie aus dem Bilderbuch. Der Schriftsteller William S. Burroughs saß an seinem Schreibtisch und blickte wehmütig aus dem Fenster. Er fühlte sich heute nicht besonders gut. Nur mit Mühe hatte er sich dazu gezwungen aufzustehen. Wie fast jeden Tag wollte er ein paar Zeilen in sein Tagebuch schreiben, doch es fiel ihm nichts ein. Mit dem Stift in der Hand starrte er auf die aufgeschlagene Seite. Die letzten Worte, die darin zu lesen waren, hatte er vor zwei Tagen niedergeschrieben: ›Liebe? Was ist das? Das natürlichste schmerzstillende Mittel, das es gibt. Love.‹ Plötzlich fühlte der alte Mann einen stechenden Schmerz. Schlagartig war ihm bewusst, dass dies das Ende sein musste, dass die Worte, die er gerade gelesen hatte, die letzten Worte eines langen Schriftstellerlebens sein würden.«

Der zweite Versuch schien mir besser gelungen, aber es war immer noch nicht das Richtige. Der Ton stimmte nicht. Auch diese Zeilen löschte ich, um einen dritten Anlauf zu nehmen:

»Mühsam auf seinen Stock gestützt ging der alte Mann einen langen, hell erleuchteten Gang entlang. Er wusste weder, wo er war, noch wohin er ging. Alles um ihn herum erschien ihm fremd. Trotzdem war er nicht beunruhigt. Er wusste, dass der Gang irgendwann ein Ende nehmen würde und dass er sich vor diesem Ende nicht fürchten musste.«

Auch diese Version des Anfangs stellte mich nicht zufrieden. Ich musste anders beginnen, die Geschichte von der entgegengesetzten Richtung angehen. Nachdem ich ein paar Mal in meinem Zimmer auf- und abgegangen war, setzte ich mich erneut an den Computer und begann zu tippen:

»Timothy Leary saß in einer noblen Villa und las die Tageszeitung. Schon auf der ersten Seite stieß er auf die Nachricht vom Tod seines Kollegen William S. Burroughs. ›83 ist er geworden‹, murmelte Leary in seinen weißen Bart. ›Wer hätte das gedacht, dass er uns alle überlebt?‹ Immer wieder den Kopf schüttelnd las er den Bericht, bis es plötzlich an seiner Tür klopfte. Langsam stand Leary auf, um sie zu öffnen. ›William!‹, rief er erstaunt und umarmte den hageren alten Mann, der in einem dunkelblauen Anzug vor ihm stand. ›Das ist aber eine angenehme Überraschung. So früh hätte ich nicht mit dir gerechnet. Du bist doch erst seit kurzem hier. Ich freue mich, dich wiederzusehen und mich mit dir unterhalten zu können. Im Leben hatten wir immer viel zu wenig Zeit dafür, aber hier steht uns die Ewigkeit zur Verfügung. Wenn es an einem hier nicht mangelt, dann an Zeit. Aber komm erst einmal herein und trink etwas mit mir.‹ Langsam betrat Burroughs den Raum und sah sich erstaunt um. Leary erinnerte sich, wie er selbst vor einiger Zeit hier ankam. Er war schon eine Ewigkeit hier. Doch Zeit spielte hier überhaupt keine Rolle mehr. Sie war bedeutungslos. Er konnte sich noch gut daran erinnern, dass er nicht minder erstaunt gewesen war als sein alter Freund, der sich allerdings auch bald an die neuen Verhältnisse gewöhnen würde. Leary wollte ihm dabei helfen so gut er konnte.«

Ärgerlich stand ich auf. Was war heute nur los? Ich schrieb und schrieb, doch es kam nicht das dabei heraus, was ich wollte. Ich beschloss in den Garten zu gehen, mich in die Sonne zu legen und nachzudenken. Aber es brachte nichts. Ich konnte nicht einen ruhigen Gedanken fassen. Zum Entspannen war ich viel zu aufgeregt. Schon nach kurzer Zeit stand ich auf und lief durch den Garten. Es war mir unbegreiflich, was los war. War das etwa die viel beschriebene Schreibhemmung, über die ich mich immer lustig gemacht hatte und die mich sozusagen zur Strafe nun selbst befiel? Ich hätte mir nie vorstellen können, eines Tages vor einem leeren Blatt zu sitzen und nichts schreiben zu können. Es war nicht so, dass ich keine Ideen hatte, sondern dass ich sie nicht umsetzen konnte. Von einem Tag auf den anderen konnte ich meine handwerklichen Fähigkeiten unmöglich verloren haben. Wenn ich zum ersten Mal eine Geschichte schreiben würde, dann wären verschiedene Schwierigkeiten verständlich. Aber ich schrieb bereits seit über zehn Jahren und kannte daher so manche Tricks und Kniffe. Doch so sehr ich auch in dieser Trickkiste kramte, ich fand nicht den passenden Schlüssel, der mir die Schublade zu meinem Gehirn aufsperren konnte, in der genau jener Anfang der Geschichte lag, den ich brauchte.

Vielleicht sollte ich mich an einem anderen Thema versuchen. Doch genau das wollte ich nicht. Mich interessierte dieser Stoff und ich brannte förmlich darauf, etwas daraus zu machen. Meine Finger juckten regelrecht. Sie wollten die Tastatur betätigen, und meine Augen wollten die entstehenden Wörter lesen. Wort für Wort, bis ein zusammenhängender Text entstanden war.

Angestrengt dachte ich nach, obwohl mir klar war, dass ich den richtigen Einfall nicht herbeizwingen konnte. Er musste freiwillig und überraschend kommen, so wie es immer gewesen war. Vielleicht war das der Grund, warum mir an diesem Tag nichts gelingen wollte. Ich hatte immer ohne Zwang geschrieben. Der Gedanke war bereits da, wenn ich mich an den Computer setzte. Er kam zu mir, ohne dass ich ihn gerufen hatte. Jetzt versuchte ich ihn mit einem Köder anzulocken, um ihn dann an die Kette zu legen und in meine Dienste zu zwingen. Zwar hatte ich den Gedanken, den Stoff für die Geschichte, gefangen, doch er war widerspenstig und wollte sich zu nichts zwingen lassen, selbst wenn ich es unermüdlich mit Zuckerbrot oder Peitsche versuchen wollte. Er war stur, was nicht verwunderlich war. Ich hatte ihm die Freiheit genommen. Wenn ich sie ihm nun wieder geben würde, vielleicht würde er sich erkenntlich zeigen und mir helfen?

Auf gar keinen Fall durfte ich jetzt den Fehler machen und nur noch an die Erzählung denken. Das war das Schlimmste, was ich tun konnte. Nein, ich musste mich ganz im Gegenteil mit etwas völlig anderem beschäftigen. Etwas, das nicht das Geringste mit dem Thema der geplanten Erzählung zu tun hatte. Ich könnte etwas kochen, aber eigentlich hatte ich keinen Hunger. Die Aufregung war mir auf den Magen geschlagen. Oder ich könnte ein wenig im Garten arbeiten. Ein Beet umgraben vielleicht. Immerhin wäre ich dabei an der frischen Luft, und ein wenig Bewegung würde nicht schaden. Allerdings konnte ich mich dazu auch nicht aufraffen. Ich könnte einen Freund anrufen. Aber was würde das bringen? Es würde keine fünf Minuten dauern und ich wäre bei meiner Schreibhemmung angekommen. Selbst wenn ich es vermeiden würde, jeder hätte mich gefragt, ob ich an einem neuen Werk schreibe. Das war das Erste, was man mich gewöhnlich fragte, nicht etwa, wie es mir ginge, sondern: »Wann erscheint denn dein neues Buch?«

Nicht, dass mich dies je gestört hätte. Ganz im Gegenteil. Aber heute wollte ich wirklich nicht auf diese Frage antworten.

Es ist sehr leicht gesagt, dass man sich ablenken soll, dass man nicht verbissen an die Sache denken soll, die einen beschäftigt. Mir war es unmöglich diese Gedanken zu verdrängen. Jeder Gegenstand, den ich sah, jedes Wort, das ich irgendwo las, erinnerte mich daran, dass der Bildschirm meines Computers leer geblieben war, weil mir nicht die richtigen Worte eingefallen waren. »Wenn du ein leeres Blatt siehst, dann schreibe etwas darauf.« Diesen an sich banalen Satz hatte ich einmal gelesen, und er war so etwas wie ein Lebensmotto geworden. Wann immer ich ein Blatt Papier vor mir liegen hatte, musste ich etwas darauf schreiben oder zeichnen, selbst wenn es nur ein unsinniges Geschmiere war. Hauptsache es stand etwas darauf. Genauso war es mir immer mit dem Bildschirm meines Computers gegangen. Das Schreiben war für mich zu einem Zwang geworden. Nein, Zwang war das falsche Wort. Ich wurde nicht dazu gezwungen, sondern es machte mir große Freude. Hätte mich jemand gezwungen, dann hätte ich das Schreiben längst aufgegeben. Es war kein Zwang, sondern vielmehr ein Bedürfnis, das zu Papier zu bringen, was mich bewegte, was ich für wert hielt, einem Publikum mitzuteilen. Und dieses Bedürfnis war immer noch da.

Irgendwo in meinem Hirn war eine Barriere, die es zu überwinden galt. Die Mauer, die dort stand, musste eingerissen werden, damit die Wörter wieder ungehindert ihren Weg gehen konnten. Nur wo war der Sprengstoff zu finden, der nötig war, um die Mauer zu beseitigen?

Ich fühlte mich auf einmal gar nicht gut. Irgendwie war ich ausgebrannt und müde. Nie hatte ich auch nur einen Gedanken daran verschwendet, was ich tun würde, wenn ich eines Tages nicht mehr schreiben könnte. Jetzt sah ich dieses Schreckgespenst deutlich vor mir.

Verschwinde, lass mich endlich in Ruhe, schrie ich innerlich. Ich habe meine Lektion gelernt. Du hast erreicht, was du wolltest. Nun ist es genug. Verschwinde und lass mich wieder meine Arbeit machen.

Doch die dunklen Wolken in meinem Inneren verzogen sich nicht.

Noch einmal nahm ich mich zusammen und überlegte, was ich tun könnte. Da fiel mir etwas ein. Seit vielen Jahren schrieb ich Tagebuch, Reiseberichte oder auch mal einen Kommentar zu einem politischen Thema. Das war alles nicht für eine Veröffentlichung bestimmt, sondern diente mir sozusagen als Steinbruch für neue Bücher. Sicherlich hatte es keinen Sinn darin zu blättern, um einen Stoff zu suchen. Das hatte ich bereits mit meinem Notizbuch getan und es hatte nichts gebracht. Aber ich könnte einige Notizen in mein Tagebuch schreiben und vielleicht würde durch diesen Schreibvorgang meine Inspiration aufs Neue angeregt werden. Mit neuem Elan ging ich in mein Arbeitszimmer und begann in mein Tagebuch zu schreiben. Flüssig kamen die Worte aus der Feder, und schon war eine halbe Seite beschrieben. Ein Ende war nicht abzusehen. Ich schrieb über alles, was mir einfiel, ob es nun zusammenpasste oder nicht. Schließlich war das Tagebuch nicht für eine Veröffentlichung bestimmt, und ich konnte ohne Rücksicht auf zukünftige Leser schreiben, was ich wollte.

Ich war völlig vertieft, als mich die Inspiration wie ein Blitzschlag traf. »Natürlich, warum hatte ich nicht gleich daran gedacht?«, fragte ich mich und rannte regelrecht zu meinem Computer. Es dauerte mir viel zu lange, bis ich endlich eingeloggt war und der leere Bildschirm, der darauf wartete beschrieben zu werden, vor mir erschien. Nervös trommelte ich mit den Fingern auf den Schreibtisch. Ich konnte es nicht abwarten, die ersten Worte zu schreiben. Würden sie flüssig oder stockend auf dem Bildschirm erscheinen? Würde ich den richtigen Ton treffen oder erneut verzweifelt und vergeblich danach suchen? Meine Finger lagen auf der Tastatur. Ich gab mir einen Ruck und begann zu schreiben:

»Immer wieder hatte ich von Schriftstellern und ihrer Angst vor dem leeren Blatt, der Schwierigkeit, ein neues Werk zu beginnen, gelesen. Anschaulich hatten die großen Autoren der Vergangenheit und Gegenwart ihre Bemühungen um das erste Wort, den ersten Satz, beschrieben ...«

Nachwort

1990, ich war noch nicht einmal 15 Jahre alt, schrieb ich meine erste Kurzgeschichte. Damals hatte mich die Lust am Schreiben gepackt und bis zum heutigen Tag nicht mehr losgelassen. So ist es nicht verwunderlich, dass dieser ersten Kurzgeschichte viele weitere folgten. Als ich eines Tages meine Akten ordnete und viele dieser Erzählungen erneut las, hielt ich es für eine gute Idee, eine Auswahl zu veröffentlichen. Ursprünglich waren sie nicht für eine Veröffentlichung bestimmt, was ihre thematische Vielfalt erklärt. Aber vielleicht ist gerade diese Vielfalt besonders reizvoll. Als Autor macht es mir jedenfalls sehr viel Freude, wenn ich auf wenigen Seiten eine ganze Welt erschaffen kann, wenn ich die unterschiedlichsten Charaktere erfinden und vom Märchen über die Liebesgeschichte bis hin zur Kriminalerzählung die verschiedensten literarischen Gattungen verwenden kann.

Ebenso macht es mir als Leser sehr viel Spaß, Sammlungen von Kurzgeschichten anderer Autoren zu lesen, in denen jene Autoren einerseits ihre Vielseitigkeit unter Beweis stellen und doch immer ihrem eigenen Stil treu bleiben.

Die Kurzgeschichten dieses Bandes entstanden in den Jahren 1997 bis 2003. Meistens gab es einen konkreten Anlass wie Geburtstage, Feiertage und sonstige Jubiläen. Oft wurde ich gefragt, woher ich die Stoffe nehme. Die Antwort auf diese Frage ist nicht einfach. Mal lese ich eine Zeitungsnotiz, höre etwas im Radio, sehe eine Fernsehsendung und denke mir: Aus diesem Stoff könntest du etwas machen!

So geschehen bei den Geschichten »Aus dem Leben eines Filmstars« – inspiriert von der Geschichte des Filmwals »Willy« –, »Der Geburtstag des Dichters« oder »Brief an den Weihnachtsmann«.

Beim Hören einer CD von Perry Como kam mir die Idee zu »Der gefallene Stern«. In dieser Geschichte werden viele Songs des großen Entertainers zitiert. Anregungen habe ich auch auf Reisen bekommen (»Die Statuen des Ramses« oder »Das Mausoleum«). Mit der Erzählung »Die stumme Nachtigall« wollte ich einer Klasse, die ich in meinem ersten Schulpraktikum unterrichtete, beweisen, dass man mit ein wenig Phantasie über alles eine Geschichte schreiben kann, auch über zwei Zeilen aus einem Brentano-Gedicht. Von einem realen Erlebnis angeregt wurde auch »Der Hoffnungsbote«. Es handelt sich dabei um die neueste der Erzählungen, die im August 2003 nach einem Krankenhausaufenthalt entstand. Zwei Geschichten liegen mir besonders am Herzen. Zum einen ist dies »Die Geschichte des kleinen Wassertropfens Plitsch«, die bereits in meinem ersten Buch veröffentlicht wurde und die ich hier ein weiteres Mal den Lesern präsentierte. Die zweite Geschichte trägt wie das Buch den Titel »Die Einsamkeitsvögel« und steht am Beginn dieser Sammlung.

Zusammenfassend kann man sagen, dass in vielen Erzählungen etwas Autobiographisches steckt. Was ich damit genau meine, werde ich allerdings nicht verraten. Die Stoffe für die Kurzgeschichten sind vielfältig. Man muss nur mit offenen Augen durchs Leben gehen, sie bei Gelegenheit schnell aufgreifen und mit Hilfe der Phantasie etwas völlig Neues aus ihnen machen.

Das Schreiben von Kurzgeschichten wird wohl immer meine ganz besondere Leidenschaft bleiben. Und so hoffe ich, dass Ihnen, verehrte Leserinnen und Leser, diese Sammlung gefallen hat und ich Sie eines Tages mit weiteren Erzählungen unterhalten darf.

Alzenau, Februar 2004